불휘 유 니 불

블
랙

유
니
콘

THE COLLECTED POEMS #1
AUDRE LORDE

—

THE BLACK UNICORN

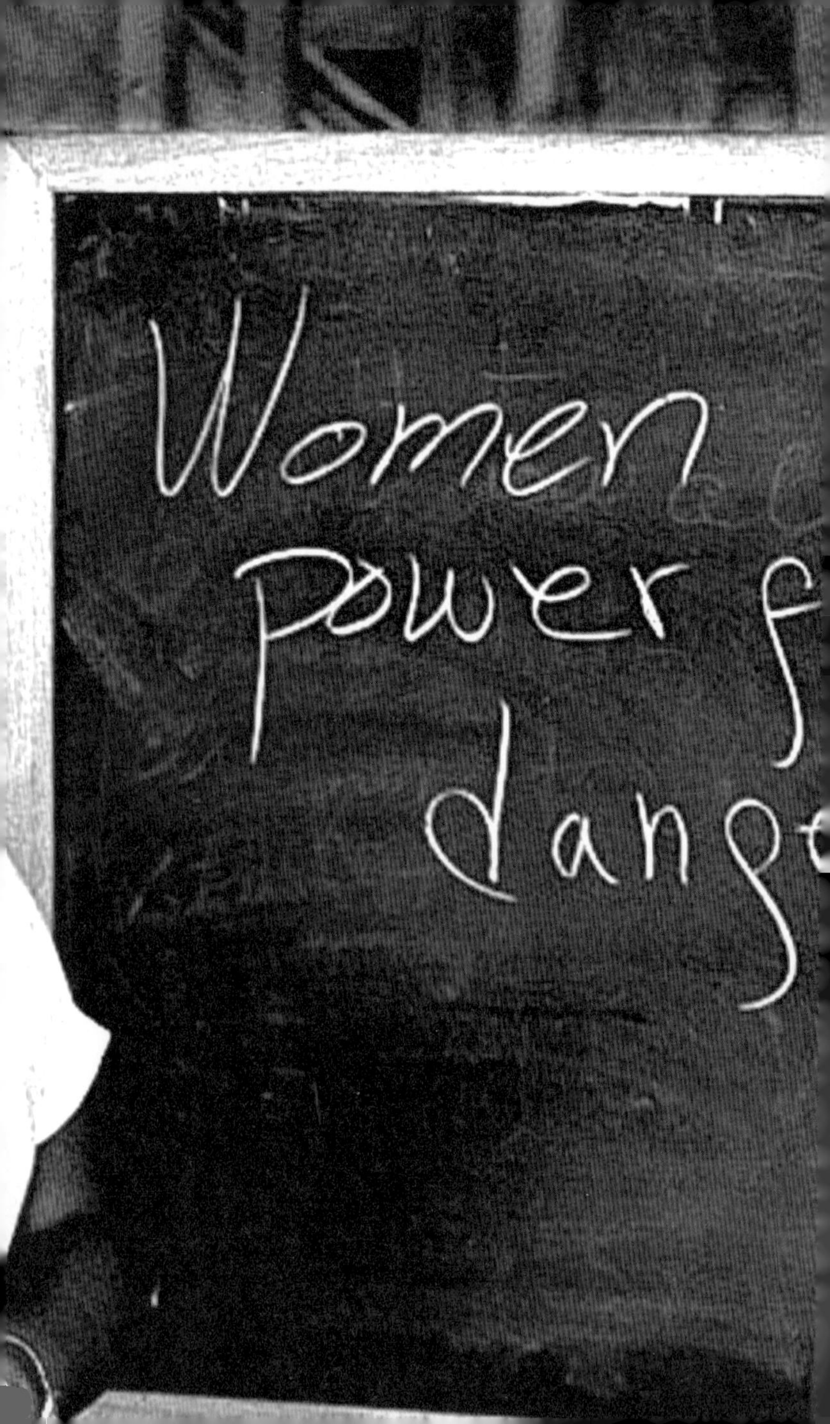
Women
power

are

l and

rous

THE BLACK UNICORN: Poems
by Audre Lorde

This Korean edition was published
by Oomzicc Publisher in 2020 by arrangement
with The Audre Lorde Estate c/o Regula
Noetzli Literary Agent-Affiliate of the Charlotte
Sheedy Literary Agency through KCC
(Korea Copyright Center Inc.), Seoul.

일
러
두
기

—

이 책은 W. W. Norton & Company 출판사에서 펴낸 오드리 로드의

『The Black Unicorn: Poems(1997)』를 한국어로 옮긴 것입니다.

—

본문의 주는 옮긴이 주이며 편집부에서 일부 보완했습니다.

원서의 주는 원주로 별도 표기했습니다.

THE COLLECTED POEMS #1
AUDRE LORDE
—
THE BLACK UNICORN

블랙 유니콘

오드리 로드 · 송섬별 옮김

OOMZICC
PUBLISHER

차
례
—

I

II

III

IV

블랙 유니콘

I

블랙 유니콘
The Black Unicorn

블랙 유니콘은 탐욕스럽다.
블랙 유니콘은 성마르다.
블랙 유니콘은 오인되었다
그림자로
또는 상징으로
차디찬 땅을 헤치며
끌려다녔다.
내 분노를 향한 조롱이
안개처럼 흩뿌려진 곳을,
유니콘의 뿔이 놓이는 건 그녀의 무릎 위가 아니라
커져 가는
달 구덩이 깊숙한 곳이다.

블랙 유니콘은 가만있지 못한다
블랙 유니콘은 수그릴 줄 모른다
블랙 유니콘은 자유롭지
않다.

여성이 말한다
A Woman Speaks

해의 흔적과 손길을 받은 달
내 마술은 쓰여지지 않았으나
바다는 되돌아올 때
내 형체를 뒤에 남겨 두겠지.
나는 호의가 필요 없다
혈연에 연연하지 않고
사랑의 저주만큼 가차 없으며
내가 저지른 실수만큼
또는 자만만큼 영원하기를
나는 혼동하지 않는다
사랑을 동정과
증오를 경멸과
만약 나를 알고 싶다면
끊임없이 바다가 철썩거리는
천왕성의 내장을 들여다보길.

나는 출생에도 신성에도
깃들지 않으며
늙지 않고 반쯤 자라

여전히 찾고 있다
내 자매들을
다호메이*의 마녀들은
우리 어머니가 그랬던 것처럼
둘둘 감은 옷 안에 나를 입고
애도한다.

나는 여성이었다
아주 오래전부터
내 미소를 조심하라
나는 오래된 마법과
정오의 새로운 분노
당신에게 약속된
드넓은 미래를 품은 위험한 존재
나는
여성이고
백인이 아니다.

* **다호메이(Dahomey).** 1600-1904년 사이 오늘날의 베냉 지역에 있
었던 아프리카의 왕국.

예만자*의 집에서
From the House of Yemanja

내 어머니에게는
두 개의 얼굴과 튀김 냄비 하나가 있었고
저녁을 차리기 전 어머니는 그 냄비로
딸들을 요리해
여자로 만들었다.

어머니에게는 두 개의 얼굴과
깨진 냄비 하나가 있었고
그 안에 내가 아닌
완벽한 딸 하나를 숨겼다
나는 해이고 달이고
어머니의 눈길에 영영 허기졌다.

내 등에는 두 여자가 업혔는데
하나는 검고 풍부하고 숨어 있다
마녀처럼 창백하지만
잠든 나에게
빵과 공포를 가져오는
또 다른
어머니의 상아색 허기 속에.

그녀의 가슴은 한밤의 폭풍 속
거대하고 아슬아슬한 닻이다.

이 모든 것은
지난 이야기다
어머니의 침대에선
시간 감각이 없다
내게 형제는 없으며
자매들은 잔혹하다.

어머니 난 필요해요
어머니 난 필요해요
어머니 난 필요해요 검은 당신이 지금
비를 기다리는 팔월의 땅처럼.

나는
해이고 달이고 영영 허기지고
낮과 밤이 만나지만
하나가 될 수 없는
날 선 경계다.

* **예만자 (Yemanja).** 모든 오리샤의 어머니인 예만자는 바다의 여신이기도 하다. 예만자의 가슴에서 강이 흘러나온다. 한 전설에 따르면 아들이 강간하려 해 달아나다가 쓰러진 그녀의 가슴으로부터 강이 흘러나왔다고 한다. 다른 전설에 따르면 남편이 예만자의 길쭉한 가슴을 욕보였고 솥을 가지고 도망치던 그녀를 쓰러뜨렸다고 한다. 그녀의 가슴에서 강이 흘러나왔고, 그 뒤에 그녀의 몸에서 다른 모든 오리샤가 솟아났다는 것이다. 예만자의 상징은 강물에 매끈하게 닳은 조약돌이고, 예만자의 추종자들은 바다를 신성시한다. 예만자는 자신을 기쁘게 하는 이들에게 다산의 축복을 내린다. (원주)

코냐기* 여자들
Coniagui Women

코냐기 여자들은
살갗을 전쟁처럼 입고
낳은 아이들은
여드레 안에 어머니를 고른다
누가 남기로 하는가는
아이들에게 달려 있다.

사내아이들이 바짝 일어선 음부에서
쏟아져 나온다
몸을 비틀고 고함지르면서
은밀한 풀숲에서부터
달린다
다른 여자들을 물리치고
어머니의 불가에
숨은
달콤한 살갗을 피해서
하지만 아이들은 어머니의 피를 징표로
가져와야 한다
야생 나무들이 경고했다
어머니를 이기면 자유로워질 거라고

사흘째 되는 날
아이들은 저녁 불 위에서 끓어오르는
어머니의 냄비로 슬슬 다가가고
어머니는 아이들에게
얌* 수프와
침묵을 먹인다.

"어머니의 침대에서 잘래요" 아이들이 속삭인다
"어머니의 침대에서 잘래요" 아이들이 속삭인다
"어머니의 침대에서 잘래요"
하지만 여자들은 이전에도 어머니 노릇을 했다
어머니는 방문을 닫는다.

아이들은 남자가 된다.

* **코냐기 (Coniagui).** 오늘날 기니와 코트디부아르 지역에 살았던 서아
  프리카 민족. (원주)
* **얌 (yam).** 마를 포함한 뿌리채소.

물에 빠진 돌은 추위를 두려워하지 않고

A Rock Thrown Into the Water Does
Not Fear the Cold

쿠마시*의 시티 호텔 앞

해 질 녘 뿔 달팽이 두 마리가

별안간 세찬 폭풍우로

저녁의 벽에 부딪쳐 죽은

일 피트*짜리 점박이 뱀을 먹으러 나온다.

달팽이들의 길게 늘어난 하얀 몸이

뺏뺏해지는 형제를 부드럽게 빨아

단맛을 앗아 가는 동안에

어둠이 그들을 덮어 버린다

* **쿠마시(kumasi).** 과거 아샨티 왕국의 수도였던 가나 아샨티주의 도시.
* **피트.** 1인치의 열두 배. 약 30.48cm.

다호메이

Dahomey

"불이 아무리 뜨거워도
부젓가락으로는 집을 수 있다."

아보메이*에서였다 내
아버지들의 전쟁 속 가득 찬 혈맥을 느낀 것은
또 내 어머니
세불리사*가
양 손바닥을 골반 높이로 뻗고
한쪽 가슴은 슬픔이라는 벌레에 파 먹힌 채
마른기침 같은
손가락에 마법의 돌을 낀 모습을 본 것은.

낫 세공인들의 문간에
여자 넷이 한데 모여 옷을 염색하면서
그들의 문간 안
납으로 된 숲속의 산미치광이*만큼이나 묵묵히
꼿꼿하게 타는 듯 익숙하게 서 있는
에슈의 철제 화살통을 비웃어 댄다
직물공들의 안뜰에서
다른 형제들과 조카들이
화사한 태피스트리*를 꿰매 붙여

피의 이야기를 짓고 있다.

천둥은 샹고*의 파*를 쓰는
머리 땋은 여자
글을 읽지도
아세인* 위
의식의 제물을 먹지노 못하는
신성한 비단뱀들 사이에서 잠드는
흑표범 굴에 들어간 나의 목은
온순하다.

머리에 북 두 개를 인 나는
혀를 칼날처럼 벼릴 수 있게
어떤 언어든 필요하고
뱀이 내 피 아래에서 잠든 동안에도
의식은 깨어 있다.
나는 여성이기에
당신이

내게 맞서건 아니건 간에

머리를 땋을 것이다

아무리

우기일지라도.

* **아보메이(Abomey).** 고대 다호메이 왕국의 수도. 문화와 권력의 중심
  이었으며, 표범 왕(Panther King)으로 이름난 알라닥소누(Aladaxonu)
  왕조의 궁이 있던 곳이기도 하다. (원주)
* **세불리사(Seboulisa).** 마우리사에 해당하는 아보메이의 여신으로 '우
  리 모두의 어머니'이다. 세계의 창조주라는 의미의 소그보(Sogbo)라고
  불리기도 한다. (원주)
* **산미치광이 (Porcupine).** 고슴도치와 비슷하게 생긴 동물. 설치목 호
  저과.
* **태피스트리 (Tapestry).** 여러 색실로 그림을 짜 넣은 직물.
* **샹고 (Shango).** 예만자의 아들 중 가장 유명하고 힘이 센 샹고는 천둥,
  번개, 전쟁, 정치의 오리샤다. 그의 상징은 선명한 붉은색과 흰색, 그리
  고 쌍두 도끼다. 나이지리아에서 샹고 종교의 수장은 '알라그바'라고 부
  르는 여성일 때가 많다. 다호메이에서는 천둥 신전의 주신인 헤르비오
  소(Hervioso)로 알려져 있다. (원주)
* **파 (Fa).** 사람의 운명, 숙명을 다루는 화신을 뜻한다. 다호메이 전역에
  널리 퍼진 정교하고 형이상학적인 점술 체계의 이름이기도 하며, 마우
  리사의 글이라고 불린다. (원주)
* **아세인 (Asein).** 조상신에게 제물을 바쳐 기리려고 높은 장대 위에 만
  든 작은 금속 제단. (원주)

125번가와 아보메이
125th Street and Abomey

고개를 숙이고 눈을 헤치고 걸어가며
당신을 본다 세불리사
다호메이에서 내 잠을 풍요롭게 해 주던
새로 말아 올린 아카이* 흔적처럼
내 뒤통수 안쪽에 새겨진
나는 당신에게 경의를 표하며
붉은 땅에 쏟아붓는다
무엇보다 소중하고도 무엇보다 필요하지 않은
내 아주 오랜 부분들을
잘 지켜 낸 과거를
에너지를 집어삼키는 비밀들을
신주神酒마냥 그대에게 나를 내준다
어머니, 제 제물을 비추어 주세요
남성들 여성들 나 자신을 상대로 거둔
오랜 승리에
여태까지 단 한 번도 감히
밤 속으로 휘파람을 분 적 없는 사람
혼자가 된다는 두려움을 거두어 주세요
당신 여왕국을 비호하려
정체를 숨긴 채 각자 달리던

제 전사 자매들처럼
이 추운 계절
여성이 가진 말ㄹ의 힘을 제게 주세요.

반쪽 지구와 시간이 우리를
쪼개진 돌처럼 갈라놓는다.
한 조각은 멋들어진 이야기를
지나치게 단순한 형태로 살아 내고
여름의 끄트머리에서 꾸는
님 나무*에 갈색 비가 내리는 꿈
토파 왕*의 앞마당에서
달팽이가 껍질 벗는 꿈은
내 피가 움직이는 곳으로 나를 데려간다
슬픔과 상실의 벌레에게 한쪽 가슴을
파 먹힌 세불리사 어머니 여신이여
나를 보세요
당신의 잘려 나간 딸이
웃어 댄 우리들의 이름은
온 세상이 기억할 메아리가 될 거예요.

* **아카이(Akai).** 머리카락을 실로 감싸고 촘촘하게 땋아 두상에 틀어 올리는 다호메이에서 유행하던 우아한 헤어스타일.
* **님 나무(nim tree).** 동인도 제도 등에서 자생하는 커다란 상록수.
* **토파 왕(King Toffah).** 오늘날 베냉의 포르토노보인 아보메이와 인접한 아자세(Ajase)를 1850-1908년 사이에 다스리던 왕.

단*의 여성들이 전사이던 시절을 나타내려 손에 칼을 들고 춤춘다

The Women of Dan Dance with Sword in Their Hands to Mark the Time When They Were Warriors

나는 하늘에서 떨어진 것이 아니다
나는
지상의 색채와 힘을 빨아먹으려
메뚜기 떼처럼 내려앉은 것도 아니다
지구가 변화하는 과정에 바치는 헌사나 상징으로서
비처럼 내린 것도 아니다
나는 여성으로서 왔다
캄캄하게 활짝 열려서
때로는 밤처럼 무너진다
부드럽게
또 지독하게
내가 죽는다면
다시 일어나기 위해서다.

나는 은밀한 전사처럼 오지 않는다
칼집에서 뽑은 칼을 입속
혀 밑에 숨긴 채로

미소를 지으며 목구멍을
리본처럼 가리가리 찢는 동안
두 개의 성스러운 두덩에 난 구멍들로
피를 뿜어내는
내 가슴.

나는 여성처럼 온다
바로 나 자신으로서
웃음과 약속과
내가 건드리는 것마다 달구는
검은 열기를
밤 속에 퍼뜨리면서
오직
이미 죽은 것만을
소모하는
삶이다.

* 단 (Dan). 다호메이 왕국의 옛 이름. (원주)

사하라
Sahara

이 사막 위
높은 데서
나는
차츰
흡수되어 간다.

모래 고원
모래 가지돌기*
모래의
대륙과 섬과 곤봉
혀 모래
주름 모래
산 모래
모래 해안
모래 뾰루지와 고름집과 기미
재채기하느라 얼굴이 콧물로 뒤덮인 모래
마른 모래 호수
묻힌 모래 웅덩이
달 모래 분화구
너의 "나는 사람들한텐 질릴 대로 질렸어"

따위 집어치워 모래

나만의 곳 모래
다른 어디도 아닌 모래
모래의 형벌
모래 호산나
모래 에피파니*
모래 갈라진 틈
모래의 어머니
나는 이곳에 오래도록 있었네 모래
끈 모래
스파게티 모래
실뜨기 술래잡기 모래
나무의 군대 모래
모래 정글
모래의 슬픔
지하에 묻힌 보물 모래
달그림자 모래
남성 모래
두려운 모래

난 여기서 영영 나갈 수 없을까 모래

열리고 닫힌 모래

모래 만곡*

모래 젖꼭지

단단하게 일어선 모래의 젖가슴

빠르고 무겁고

절박한 구름 모래

내 얼굴을 덮은 두꺼운 베일 모래

태양은 내 연인이야 모래

모래 위 시간의 발자국

배꼽 모래

팔꿈치 모래

미궁에서 사방치기 모래

나는 나를 펼쳤다 모래

나는 혹독하고 납작하게 자라났지

너에게 맞서서 모래

유리 모래

불 모래

공작석과 금 다이아몬드 모래

칠보 석탄 모래
은줄 세공 모래
화강암과 대리석과 상아 모래

저기 이리 와 봐 그러자 그녀가 왔다 모래
나는 견딜 거야 모래
나는 맞설 거야 모래
나는 싫다는 말에 질렸다
밤낮없이 모래
나도 가면을 벗고 내 검고
단단한 바위를 드러낼 거야 모래.

* **가지돌기 (Dendrites).** 신경 세포에서 세포질이 나뭇가지처럼 뻗은 것.
* **에피파니 (Epiphany).** 현현. 평범하고 일상적인 대상 속에서 갑자기
  경험하는 영원에 대한 감각 혹은 통찰.
* **만곡.** 활 모양으로 굽음.

살아남기 위한 기도

II

헤리엇
Harriet

해리엇 언제나 누군가는 우리를 미쳤다고
못됐다고 우쭐거린다고 악하다고 흑인이라고
아니면 흑인이라고 불렀지
우린
솜털이 보송한 여자애들이었고
갑오징어처럼 날래게 허둥지둥 숨었어
서로의 입 속에 가득한 고통을
말하려 애쓰며 말하려 애쓰며
말하려 애쓰려
그러다 우린 배웠지
채찍 끝에서
혀에서
서로의 배신이란 가장자리에서
존중이라는 것은
길에서 마주친 서로의 얼굴로부터
그 아름다운 검은 입으로부터
낯익은 신중한 눈으로부터
조용히
눈을 돌리고
홀로 스쳐 가는 것이라고.

널 기억해 해리엣

우리가 헤어지기 전

우린 전사 여왕들처럼

검을 맞대기를 꿈꿨지

서로의 눈을 피하면서 말이야.

또 우리는 외로움을 배웠어

땅이 죽음을 배우는 것처럼

해리엣 해리엣

어머니가 떠난 지금

우리를 어떤 이름으로 불러야 할까?

사슬
Chain

뉴스 기사 : 각각 열다섯, 열여섯 살인 두 소녀가 위탁 가정으로 보내졌다. 생부의 아이를 낳아서였다. 나중에 두 소녀는 스스로의 말에 따르면 자신을 사랑한다는 부모의 품으로 돌아가겠다며 뉴욕 법원에 청원을 제기했다. 법정은 그렇게 해 주었다.

나를 둘러싼 냄새도 색깔도 시간도 없이
낯설기만 한 얼굴들은 웃으며 증언을 내뱉고
사랑 같은 약속을 토해 낸다
하지만 우리에 맞서 쳐들어오는
해골 아이들을 보라
아이들 얼굴 아래에는 햇살이 없다
어둠도 없다
남아 있는 심장도 없다
새벽이면 아이들의 몸을
여성으로 돌려놓을
그 어떤 전설조차 없다.

우리에 맞서 쳐들어오는
해골 아이들을 보라

아이들이 울 때
그 눈 속에서
우리는 여성을 찾아낼 것이다
나를 낳은 당신들 중
누가 나를 사랑할 것인가
내 맹목을 당신의 것이라 주장할 것인가
또 누가 내 다리 사이로부터
전장으로 걸어갈 것인가?

II
내 문 밖 현관에
여자아이들이 누워 있다
발길을 막고 쓰러진 단풍나무처럼
난 아이들을 지나갈 수도 넘어갈 수도 없다
아이들의 빈약한 몸은 미끈한 나무둥치처럼 구르면서
내 현관이 온통
어린 여자아이들의 몸으로 뒤덮일 때까지
끝없이 끝없이 같은 말을 뇌까린다.
아기를 품에 안은 아이도 있다.
어떤 죽음에게 나 안식을 구할까?
어떤 거울을 깨뜨릴까 아니면 슬피 울부짖을까?

두 여자아이들이 내 문간에서 했던 말을 되뇐다.
여자아이들의 눈은 돌이 아니다.
아이들의 살이 나무나 쇠도 아닌데

나는 아이들을 만질 수가 없다.

밤을 주의하라고 해야 할까

아니면 빵을 내줄까

아니면 노래할까?

아이들은 자매다. 아이들의 아버지는 자매를

알고 또 알았다. 아이들이 데리고 있는 쌍둥이는

아버지의 아이다.

파헤쳐진 숲에서 우리는 누구의 죽음을 애도해야 하나?

겨울이 왔고 아이들은 죽어 간다.

둘 중 한 아이가 내 가슴에 안기려고 한다

오 내게 시를 써 주세요 어머니

여기, 내 살 위에

당신의 말을 남겨 주세요

우리 아버지이자 연인이자

밤의 도둑이

내게 이 아이를 남긴 것처럼요

우리한테 화내지 마세요. 우린 아버지에게 말했어요

당신 침대가 더 넓다고

하지만 아버진 말했어요

우리가 그렇게 한다면

우린 아버지의

좋은 아이들이 될 거라고

그렇게 한다면

우릴 사랑해 주겠다고

오 우리에게 시를 지어 주세요 어머니

그의 이름을 말해 줄

시를 지어 주세요

당신의 언어로

그는 아버지일까요 연인일까요

우린 우리 아이를 위해

당신의 말을 남길 거예요

채찍이나 금 가위에 새겨서

아이들의 출생에 얽힌

거짓을 말하겠어요

다른 아이가 어머니에게 말한다

내가 당신의 자리를 차지하고 있어요

내가 그를 알고 나를 아는 것보다

당신이 나를 알까요?

난 그의 딸일까요 여자 친구일까요

난 당신의 아이일까요 아니면 당신이

남편의 침대에서 물러나길 바라는 경쟁자일까요?

여기 당신의 손녀가 있어요 어머니

내가 잠들기 전에 우릴 축복해 주세요

당신이 내게 말해 줄

다른 비밀이 있나요

어떻게 하면 당신이 나를 사랑했듯

이 아이를 사랑할 수 있나요?

후유증

Sequelae

달군 칼이 내 문설주 양쪽에 새김 눈을 냈기 때문에
내가 그 사이에 섰기 때문에
그을린 양손을 다른 두 집이 남긴 재의 자취에 묻고
밤에 찾은 것들은 무질서한 줄 세공 무늬를 엮어 낸다
나는 나를 알지도 못하는
사람들의 꿈속에 등장한다
밤은 별들의 물집이다
전화벨 소리의 악몽에 꿰뚫린
내 손은 수화기다
풀려난 모터처럼 위협적이면서
목소리 없는 아침의 고통만큼이나 유혹적이다
콘플레이크가 내 목 안에서 밴시*처럼 비명을 지르던
목소리 없던 부엌들을 떠올리는 동안에
나는 오래된 내 형체를 뒤집어쓴
당신의 유령과 맞붙는다
당신이 흑인이면서
여성이 아니라고 증오하며
당신이 백인이면서
내가 아니라고 증오하며
이 기억의 축제에서

나는 당신을 권력의 내려놓음이라고 이름 붙인다
또 피로 물든 오랜 세월이 지난 뒤에도
아직 이루지 못한 분리라고
나의 눈은 분노처럼
어제
방의
열쇠 구멍에 단단히 붙어 있다
거기에서 나는
사냥하는 치타처럼 홀로 떠돌며
부질없이
기다리기를 거부하는 모든 여성에게 주어진
재난을 부르는 전설을 가지고 노닥거린다.

새로운 방 안
나는 당신의 형체를 품은 오래된 장소들로 들어간다
내 목소리에 묻은
당신 분노의 톡 쏘는 냄새에 갇히고
유리 뚜껑을 씌운 푸딩처럼 기울어진
당신 얼굴을
믿으라는
유혹적인 초대에 갇힌 채로
나는 내 심장 속
가장 깊은 곳에 파묻힌 수로에서 기어 나오는
당신의 높은 목소리를 듣는다
타협은 관을 봉하는 못

누구도 살지 않는

팔월의 집으로 흘러드는

해초처럼 붉게 녹슨 것

선택의 여지 없이

내 길엔 오래된 불만들이 너절하게 흩어져 있고

너무 자라 버린 보호막은 여태 내화 벽돌만큼 견고하며

홍역처럼 볼썽사납고 위험하다

시들어서 쓸모를 잃지만

썩지는 않는다.

나는 기억하고

싶지 않지만

내

가장 깊은 데 있는 뼈를 어루만지고 싶기 때문에

달불moonfire처럼 차고 기우는 그녀에게

어떤 대가를 치르고서라도 나를 면책하라 빌며

내 형체를 뒤집어쓴

당신의 오래된 유령과 맞붙는다

검고 하얀 얼굴들에 둘러싸여

싫다고 몇 번이나 외쳐 대며

내 아버지의

조잡한 야심을 걸친

내 어머니가 되어 가며

어머니의 허벅지 사이에서부터

검은 비밀들을 키워 내면

밤이 열병처럼 내게 깃든다

내 손은 불붙어 비명을 지르는 칼을 움켜쥐었고

물고기로 가장한 거만한 여자가

걸인처럼

우리가 함께 나누어 쓰는 심장 속으로

칼을 더 깊이 더 깊이 내리꽂는다

우주선들이 착륙하는

지금 이 순간

나는 내 것이 아닌 죽음을

너무 많이 죽었다.

* **밴시(Banshee).** 아일랜드 전설에 등장하는 구슬피 우는 여자 유령.
  (역주)

아사타*에게

For Assata

뉴브런즈윅주 감옥, 1977년

새 사진 속 당신 미소는 전쟁에 나선 모습이다

다른 얼굴들에 가려 당신의 얼굴은 잘 보이지 않는다

페이지 위

이 그림자들은 아직

입을 열지 않은 자매들이다

두 눈을 가로지르는 굵은 철창 때문에

절반이 어둠에 가려져

파수병처럼

당신의 얼굴은 그늘졌다

통통하던 젖살은 마치 당신 몸이

마지못해 놓아준 사치인 것처럼

타서 없어졌다

입꼬리는 아래로 주저앉았다

당신의 눈을 들여다볼 수가 없다

당신 뒤

수많은 사람들은 다 누구일까

그림자가 서서히 옅어지고

더 혼란스러워진다

나는 당신의 자유를 꿈꾼다

그것이 내 승리

헛된 침묵을 내려놓은

때로는 우리의 적보다도

거짓보다도

우리 자신에 맞서

서로의 앞에서

싸우고 눈물 흘린

모든 흑인 여성들의 승리라고

아사타 내 자매 전사여

잔 다르크와 야아 아산테와*가

감옥 안에서

당신을 끌어안는다.

* **아사타 샤쿠르(Assata Sakur).** 흑인 해방 운동가.
* **야아 아산테와(Yaa Asantewaa).** 오늘날 가나에 해당하는 아샨티 왕국의 여왕으로, 19세기 영국을 상대로 여러 번 전쟁을 이끌어 승리 했다. (원주)

처음에 나는 당신이
이런 얘길 하는 줄 알았죠…
At First I Thought You Were Talking
About…

당신은 내가 이런저런 점을

헤아린다고 생각하나요?

확실히 그래요 알겠어요

무슨 뜻인지요

하지만 들어 봐요 그건 그렇고

예를 들면 당신도 알다시피

오

처음에는

당신이 이런 얘길 하는 줄 알았죠

새 꽃

당신의 비통함

분노가 이룬 재판의 정확성

장미 덤불 속 원숭이들

사람 몸 크기만 한 상자

얼어붙어 다이아몬드가 된

말로 표현할 수 없이 거룩하게 받들어진

죽음만큼이나 빛나는

내 어머니의 슬픔까지도.

237발짝입니다.

주차장에서

이 금속 탁자

판결이 이루어지는 무감한 책상까지가

이른 봄 햇살이

건물 앞면을

비춥니다

하지만 문간에서 가로막히지요

이제 내 몸과 피를 받으세요

엘리베이터조차도 넌더리를 내는

이 건물의

회전문 위

마지막에 기록된

잔상으로요

확실히 그래요 알겠어요

무슨 뜻인지요 그건 그렇다 치고

그런데 들어 봐요 아직은 그래도 반면에

당신도 알다시피 꼭 그런 것처럼

당신 생각에는 내가 느끼기엔 이런저런 점들을
고려하면
오 그래요 알겠어요
처음에 나는 당신이
이런 얘길 하는 줄 알았죠…

살아남기 위한 기도
A Litany for Survival

중대하면서도 홀로 내려야 할
결단의 벼랑 끝에 언제나 선 채
물가에서 살아가는 우리 중 몇몇을 위해
선택이라는 잠깐의 꿈조차도
마음껏 누릴 수 없는 우리 중 몇몇을 위해
우리 아이들의 꿈이
우리의 죽음을 닮아 가지 않도록
아이들의 입에 넣어 줄 빵과 같은
미래들을
길러 낼 단 하나의 지금을 찾아
안팎을 살피고
전후를 보느라
새벽 사이의 시간대에
문간을 드나들면서 사랑하는
우리 중 몇몇을 위해

우리 어머니의 젖과 함께 두려움을 배우는
이마 한가운데 새겨진 흐릿한 선처럼
공포를 각인받은
우리 중 몇몇을 위해

조금의 안전이라도 찾으리라는 이 환상이라는
무기로
발걸음이 무거운 자들이 우리가 침묵하기 바랐으므로
우리 모두에게 있어
이 순간과 이 승리에 이르기까지
우린 결코 살아남을 수 없었다.

그리고 해가 뜨면 우리는 두려워한다
해가 계속되지 않을까 봐
해가 지면 우리는 두려워한다
아침에 다시 뜨지 않을까 봐
배가 부르면 두려워한다
소화가 되지 않을까 봐
배가 텅 비면 두려워한다
다시는 먹지 못할까 봐
사랑받을 때 두려워한다
사랑이 사라질까 봐
홀로 있을 때 두려워한다
사랑이 돌아오지 않을까 봐
그리고 말을 할 때 두려워한다

우리의 말이 들리지 않을까 봐
환대받지 않을까 봐
하지만 우리가 침묵한 때에도
우리는 여전히 두렵다.

그러니 말하는 게 낫다
우리는 애초 살아남을 운명이 아니었음을
기억하면서.

만남
Meet

여인이여 우리가 당신의 세상과 내 세상 사이

드높은 하지점에서 만났을 때

보름달로 테를 두른 당신의 붉은 머리는

어떤 변명도 없이 내 손가락을 태웠지

내가 당신의 목 언저리를 단맛이 날 때까지 핥으며 펼칠 때

잊고 말해 주지 못한 것은

당신이 세상 저편에서 날 부르는 목소리가

만나기 전부터 내 핏속에서 들렸다는 것

그리고 이제 또다시 당신을 반긴다

해변에서, 광산에서, 플랫폼에 누운 채로

새들이 꼬리를 털어 대는 숲속에서

풍화한 화강암으로 된 당신의 동굴 깊은 곳에서

내 적색토 언덕 너머에서도

긴 여행이 끝난 뒤

당신이 악취에 코를 찌푸리는 동안

당신의 아이들을 핥는다.

당신이 내놓은 몸의 열린 거울 속으로

쉬러 들어가며

당신이 내게 기대 누우면 나는 검은빛이 될 것이고

당신 머리카락에 쏟아지는 팔월처럼 나는 무거워질 것이고
우리의 강은 같은 곳에서부터 흘러나온다
그리고 약속한다 다시금 당신을
놀라움으로 가득 채우겠다고.
색으로 물든 짤막한 혀로
어린시절 입안에 드리웠던
서로의 살갗 맛으로 밝히겠다고.

다시 만나면
당신은 내게 두 손을 얹어 줄까
나는 당신을 타고 우리의 땅을 달릴까
우린 빗속 나무 아래에서 잠들까?
다시 출발하기 전에 뜨겁게 가만히
당신 배를 핥으면 당신은 어려질 것이다
내 배꼽에서 타는 새하얀 분노가 될 것이다
나는 맹렬한 밤이 될 것이다
우리의 손이 닿고 서로의
아픔으로부터 배울 때
마우리사*는 우리의 몸을 예언한다.
칠레와 와가두구*의 하수구에서 내 젖을 맛보기를
라르테*의 여사제가 우리를 보호하는 동안 테마*의 환한
항구에서
팔미라*와 아보메이칼라비*의 높은 고기 좌판에서
이제 당신은 나의 아이이고 나의 어머니이다
우리는 늘 고통의 자매였다.

불룩하게 솟은 사자 배의 곡선으로 다가오기를

비난하는 비를 피할 계절을 찾아 눕기를

우리는 짝을 짓고 새끼를 쳤다

일을 하고 또다른 만남을 가지기 좋은 때다

순간의 가장 내밀한 방 안에서

피를 교환하는 여성들

우리는 서로의 열매를 맛보아야 한다

적어도 한 번은

우리 둘 다 죽기 전에.

* **마우리사(Mawulisa).** 다호메이의 주요 보두 중 하나인 마우리사는
  여성이자 남성인, 하늘의 여신이자 남신이다. 마우리사를 우주의 창조
  주가 낳은 최초의 결합 쌍둥이로 서쪽과 동쪽, 밤과 낮, 달과 해를 뜻하
  는 것으로 보기도 한다. 하지만 그보다는 마우를 우주의 창조주, 리사를
  그의 큰아들 또는 쌍둥이 형제로 보는 경우가 잦다. 마우리사는 다른 모
  든 보두의 어머니이며 따라서 예만자와 연결되어 있다. (원주)
* **와가두구(Ouagadougou).** 부르키나파소의 수도.
* **테마(Tema).** 가나의 항구 도시.
* **라르테(Larteh).** 가나의 도시. 이곳의 아코네디(Akonedi) 사원의 여
  사제에게는 신이 깃들어 질병을 치유하는 힘이 생겼다고 한다.
* **팔미라(Palmyra).** 오늘날 시리아에 위치하는 고대 오아시스 도시.
* **아보메이칼라비(Abomey-Calavi).** 아보메이와 인접한 베냉의 도시.

시즈닝
Seasoning

여름이 지나가면 나는 무엇을 잃을 준비가 되었나?
길기만 했던 날들이
점점 갈수록 짧아질 때
나는 시간을 씹어 없애고 싶다
태어난 이래 모든 비슷한 순간들의
냄새와 질감을 포함한
정서적 수학으로
모든 순간이 확장될 때까지.

하지만 하지는 지나간다
내 입은 더듬거린다
컨닝 페이퍼와 꽃들과
사랑의 장면들이 담긴
잡화점 사진들이 입 안을 꽉 채워서
아무 감정도 불러일으키지 않는 오래된 친구들과
감당할 수 없는 적들이 목을 막아서
햇빛에 노출되지 않은 덕분에
달콤하지만 악취를 풍기며 보존된 것들.
옛 기억 속 연인들의
단춧구멍 속에서 굳은

나의 선더에그*
모두 내 눈엔 보이지 않는
금항아리를 향해
다른 여름들 위를 뻗어 나가는
무지개처럼 생겼다.

빛이 잦아들면
알 수 있다
내가 초조하게 넘겨줬다 여겼던 것은
내가 기꺼이 내준 것일 뿐이었다고
다가오는 겨울의
예감으로 입술을 꼭 다물면
미련이 내 얼굴을 감싼다.

* **선더에그(thunderegg).** 화산암 안쪽에 마노, 오팔 등이 형성된 둥근
  모양 광물.

출장
Touring

하루나 이틀을 머무는
도시들을 드나들면서
내 몸에 맞춰질 시간이 부족한 침대 위에서
하루나 이틀을 보내며
나를 팔아 가며
그곳들의 마법을 느끼기엔
너무 성급하게
도시들을 드나들면서
나는 내 몸에 맞지 않는 침대에서
불탄다
물릴 대로 물려 떠나면서도
초대를 받아
침입했던 집의 어떤 질감도
느끼지 못한 채다
나는
과육 속 단단한 핵심은
놓쳤다는
그리고 완전히 노출되었다는
불편한 기분으로 떠난다.

나는 시를 남겨 두고 떠난다
영영 수확하지 못할
검은 씨앗처럼 떨어뜨린다
그렇기에 시가 망가지더라도
결코 애도하지 않으리라
내가 받지 않은
선물에 대한 값이기 때문에.

어떠한 마법도 느끼지 못한 채
도시를 드나들면서
나는 감정 없이 생각한다
이건 조금이라도 연결된 기분을 느끼려다
실패하고
떠날 때
테이블 위에 5달러를 남겨 놓는
남자들이 하는 일 같다고.

경계를 걸으며
Walking Our Boundaries

환하게 밝은 첫날이
겨울의 등을 부러뜨렸다.
우리는 전장에서 일어나
지구를 가로질러
우리 집 가까이로 간다.
모든 고통이 지나간 뒤에도
태양이 이렇게 눈부실 수 있단 걸 놀라워하며
조심스레 우리의 공동 소유지를 살핀다.
지난해의 정원 중 일부에는 아직도
고사리를 세워놓았다
덩굴엔 굳센 오크라 꼬투리 하나가 아직 달려 있다
부풀어 오른 진짜 과육의 패러디처럼
발밑에
썩어 가는 지붕널 한 장이
양토로 변해 간다.

비료 무더기 옆에서 나는 네 손을 잡는다
살아 있어서 아직 너와
함께 있을 수 있어서
우리는 일상의 일들을 이야기한다

마음 놓고
그러면서도 고개를 들 때는
반쯤 겁먹은 채로
지난 겨울 폭풍우에 심한 해를 당한
우리의 오래된 사과나무에
단단한 싹은 움트지 않을 것이다
물론
상징을 소중히 여기면 안 된다
본질이
이토록 가까이서
붙잡히길 기다리고 있을 때는
네 손이
사과나무 껍질을 떨어뜨린다
내 뒤를 따라붙는
우연한 불길처럼
내 어깨는 죽은 낙엽
다시 살아나려고
태워지기 기다리는.

태양은 희미하고 따뜻하다

우리의 목소리는
이 작은 뜰에선 너무 큰 듯하다
사랑에 깊이 빠진
여자들치고는 너무 머뭇거린다
벽널이 제자리에서 떨어져 나왔다
우리의 발자국이 이곳을
지킨다
우리의 공간으로
우리 공동의 결정이 가능성을
완전한 것으로 만든다.
우리가 언제 다시 웃을지는
알 수 없지만
다음 주에
우리는 또 다른 터를 삽으로 일구어
올봄의 씨앗을 뿌릴 것이다.

앨빈 프로스트를 위한 추도사
Eulogy for Alvin Frost

I

속으로 흘린 피 때문에 죽는 흑인 남성들

힘차고 튼튼한 몸 속에

배 속에

머릿속에

덤덤탄*만큼 커다란

구멍이 있다

속에서부터 갉아 먹힌

서른일곱 살의 죽음.

창문은 햇살이 스미는 구멍

새벽 뉴어크 공항에서 나는

조명을 비추어 당신의 부고를 읽는다

카펫은 시커멓고 창문은 불투명해서

떠오르는 해가 들지 않는다

나는 카펫의 구멍 속으로 곤두박질치면서

두 발 놓을 자리를 찾는다

내 발가락엔 저항할 지혜도 힘도 없어서

뿌리째 뽑힌 분노 때문에

경련하며 오므라든다

공항 안은 새벽이고 문을 연 곳은 없다
당신을 위한 나무 한 그루 심을 수 없다
땅이 아직 꽝꽝 얼어서
나는 카드에 이렇게 쓴다
당신 무덤에 뿌리려 보내는 이 꽃은
기계가 키운 것이라고.

우린 때로 복도에서 스쳐 지나갔다
대개 말없이 서둘러 지나쳤지만
같은 편에 서서 싸웠다.
블랙 코커스* 회의에서 만났을 땐
내 새 책이 나왔다고 축하해 주었지
진솔한 그 웃음 때문에
당신은 특별했다.

어쩌면 오래 전 헤어진
2학년 때 내 짝꿍 앨빈이란 아이가
또 다른 마법으로 자라나 당신이 된 건지도 몰라
하지만 우린 이야기를 나눌
시간조차 없었다.

II
남쪽으로 가는 비행기에서 내려다보면
지상의 푸르름은 짙어져 가고
새파란 물이 가득 찬

첫 번째 수영장이 지나간다

올겨울이 끝나고 있다.

나는 자연시를 쓰려는 게 아니다

서른일곱 젊은이의

부자연스러운 죽음에 대해 쓰고 싶다

용기를 얻으려 남몰래 스스로를 갉아먹다

마침내 사라질 때까지

속으로 피 흘리다 죽은 사람

일찍 일어난 사람들을 홀리는

겨울의 유령이

메아리로 당신을 추도할 것이다.

남부 수영장의

미소 짓는 물처럼 우리의 나날을 해어뜨리고

초자연적인 낙서를 남기고

우리 심장 벽을 막히게 하고

우리 배 속에 궤양을 새겨서

우리는 폭발하거나

피 흘리다 죽을 것이다.

III

당신이 묻힌 다음날

존 웨이드가 의자에서 미끄러지더니

구내식당 카펫 위에 쓰러져

그 자리에서 죽었다

<이상 심리학>과 반쯤 마신

블랙커피 잔 사이에서.
구내식당 경비원들이 달려와
쉬는 시간에 그를 뒷문으로 데리고 나갔고
우린 그가 아팠다는 사실조차
일주일 뒤까지 몰랐다.

내가 어쩌면 알 수도 있었던
무화과나무처럼 기진맥진했던
배롱나무처럼 무겁던
땅이 받아들일 준비가 되기 전에
온 세상 검은 물질을 땅에 부어버린 듯
흑인 남성들의 추모시를 쓰는 데 질렸다.
나는 성스러운 죽음에 질렸다
궤양의 설명 뇌졸중
억압받는 이들의 심리학
여기서 정신 건강이란
세상의 잔혹함에 대한 앎을
억누르는
능력이다.

IV
나를 모르는 친애하는 대니에게
나는
회의에서 몇 번 만난 것 말고
잘 알지도 못했던

진실한 웃음이

다정하고 영리한 말이

특별했던

네 아버지 때문에 네게 편지를 쓴다

앨빈의 아들 대니

아플 때면

언제나 울려무나

싸움을 할 때조차도

웃는 걸 잊지 말려무나

겁쟁이처럼 보이더라도

커피와 가열된 플라스틱은 멀리하려무나

그리고 자라나거라

검게 그리고 아름답게

그러나 너무 빨리는 말고.

우리에겐 네가 필요하니까

이제는 남은 이들이

얼마 없다.

---

* **덤덤탄(dumdum彈).** 터지면서 납 알갱이가 몸에 퍼지게 만든 탄알.
* **블랙 코커스(black caucus).** 미국의 하원 의원 중 흑인 의원들 모임.

코러스
Chorus

태양이여
나를 다시금 완전하게 해다오
나를
사랑한다 말하는 이들의
뜨거운 거짓말 속으로
용의 이빨처럼 흘러넘치는
산산조각 난 내 진실을
사랑할 수 있게
모든 것이 끝나면
파편 하나하나가
뜨거워서 손댈 수 없는
여전사처럼
완전 무장을 갖추고
솟아올라
사람들이 콧노래를 흥얼거리는 음악의 밤
골목으로 스며들 것이다
모차르트는
백인 놈이었지.

대처
Coping

닷새 내리 비가 내렸어

세상은

칙칙한 물이 고인

둥그런 웅덩이

작은 섬들은

이제야 겨우

대처하기 시작했지

한 소년이

내 뜰의

자기 꽃밭에서

물을 퍼낸다

왜 그러냐고 물어보자

아이는 말했지

해를 본 적 없는 어린 씨앗들은

잘 잊어버리고

쉽게 익사한다고.

마사에게 : 새해
To Martha: A New Year

당신의 심장에
날카롭게 벼려진 눈으로
올해를 돌아보며
갈망을 기억해

나는 지금 당신이 어디 있는지 몰라
내가 찾는 건 그곳에
우연히 갇혀 버린
내가 사랑했던 여자
하지만 장소라는 것은
우리가 찾는 것만큼
크게 변하지는 않는다
일이 시작되는
또 다른 곳으로
가는 길에
믿음이 함께하기를

마거릿의 정원에서
In Margaret's Garden

당신이 색채를 피워 내는 모습을 지금 처음 봤다
저항이 당신의 빠른 손으로부터
새로 솟는 손가락들처럼 자라났다
당신은 배우는 중이었다
스스로 고통받는 대신에
타인의 배반을 이용하는 방법을
그리고 당신의 입은 미소를 띠었지
완전한 혼란에 사로잡혀서
중심을 비껴간 채로.

낮에는 본 적도 찾은 적도 없다
당신의 백조들이
짓밟혔던 그곳을.
다시 당신을 만났을 때
당신의 입술은
고립 속 중심에 있었어
당신은 자신이 무너졌다 했지만
당신의 땅은 자양을 얻어
짙은 향을 풍기는 새 정원이 되었다.

당신이 애도하고 싶어 하는 걸 느꼈다
시작의 무지함
담담함을 향한 그 오래된 열망을.
당신의 슬픔을
내 가슴 한가운데 깊은 곳에서 느낀다
그리고 약속한다 자매여
당신이 슬퍼하지 않는다면
누구에게도 말하지 않겠다고.

흉터
Scar

이건 단순한 시.
어머니들 자매들 딸들
내가 되지 못한 소녀들을 위한
스태튼 아일랜드 페리 호를 청소하는 여성들을 위한
내가 자신들의 식탁에서 식사하고
자신들의 유령과 같이 잤다며
자정에 나를
저주 인형으로 만들어
태워 버리는 날렵한 마녀들을 위한.

내 심장의 이 돌들은
내 살로 만든 당신이야
날카로운 의안으로 나를 깎아 내는
온 힘을 다해 나를 비웃는
당신은 스스로의 삶도
나도
값어치 있게 생각하지 않기에

이건 단순한 시
내겐 어머니도 자매도 딸도 없을 거야

내 삶이 끝나고
오로지 뼈만 남았을 때
전쟁에서 우리의 모습을
뼈가 어떻게 보여 주는지 봐
우리가 남성의 이름을 주었던
가면 같은 얼굴 뒷면을 먹이고자
스스로 살을 뜯어내는 모습을.

도널드 데프리즈* 나는 당신을
거울 속 내 눈을 들여다보는 것만큼 잘 알지는 못했어
침대와 침대를
옮겨 다니며
당신은 축복이나 용서를
바랐던 것일까
아니면 결핍으로 인한 죽음들을
견딜 정도로
당신의 눈이 날카롭고 무자비했던 것일까?

나를 거부하려는
내 귀에 들리는 당신 목소리를
당신 귀에 들리는 내 목소리를 들으며
나는 당신을 끝까지 쫓아갈 거야
나의 중독으로 이루어진 밤의 혈관 속으로
충족되지 못한 내 유년 시절 속으로
이 시가

양귀비 꽃잎처럼 펼쳐지는 동안

나에겐 자매도 어머니도 아이도

남지 않았어

어느 아버지도 어머니도 알려 줄 수 없는

열고 닫는 춤을 배우고

전류가 흐르는 듯 유연한 춤을 배우는

사랑의 온갖 색조로 물든

달빛 여성들의 잠잠한 바다뿐.

이리 와 삼보* 나와 함께 춤춰

무릎을 들며 살랑살랑

춤추는 피리 연주자에게 돈을 쥐어 주라고

당신의 결핍을 뛰어넘어 당신의 빌어먹을

하얀 얼굴 아래서 이리 와 빔보* 이리 와 딩동*

도시가 무너지는 모습을 봐

누워 봐 비취* 천천히 해 니거*

너는 널 숨겨 줄 포근한 자궁을 원하지

오그렸다가 널 안전하게

다시 빨아들여 줄

있잖아 내가 한마디 할게

다음번에 네가 손도끼에 머리를 들이댈 땐

몸을 숨길 구석이 간절히 필요할 땐

날 찾아와

롤러코스터의 여왕에게 가는 티켓을

끊어 주는 사람이 바로 나니까

내가

싸게 해 줄게.

이건 단순한 시

눈에 보석이 박힌 덩치 큰 흑인 여자의 꿈과

내 머리를 공유하는

그녀는 춤을 춰

금빛 헬멧을 쓴 머리는

오만하고

깃털로 꾸몄네

그녀의 이름은 콜로사

두 허벅지는 기둥 같지

껍질 벗은 히코리* 같지

갑옷을 두르고

그녀는 춤춘다

갑자기 바뀌었다가

가벼워지는

지구를 뒤흔드는 느린 움직임으로

그녀가 웃으며 빙빙 돌면

골반에 걸친 화려한 금속이

절정으로 치닫고

반짝거리는 가장자리에는

경악에 사로잡힌

부드럽고 검은 곱슬머리.

* **도널드 데프리즈(Donald DeFreeze).** 흑인 해방 운동 조직을 이끌었던 인물.
* **삼보(Sambo).** 흑인 남성을 가리키는 인종 차별 용어.
* **빔보(Bimbo).** 오늘날 금발의 백인 여성을 가리키는 성차별 용어로 흔히 쓰이나 원뜻은 삼보와 유사한 방식으로 흑인 여성을 가리키는 성차별 / 인종 차별 용어.
* **딩동(Ding Dong).** 백인처럼 행동하는 흑인을 가리키는 인종 차별 용어.
* **비취(bitch).** 속어, (개 같은) 년.
* **니거(nigger).** 속어, 깜둥이. 흑인을 가르키는 대단히 모욕적인 말.
* **히코리(hickory).** 북아메리카산 단단한 나무.

초상
Portrait

강인한 여성들은
자신의 증오가
어떤 맛인지 안다
나는 언제까지나
바람 부는 곳에
둥지를 지어야 하겠지
나는 내가 포함되지 않는
비스듬한 숫자들이 안전하길 바란다
추한 순간을 지닌
비밀스럽고 참을성 있는
아름다운 여성
한니발의 야망에 부응하는
즐겁고 육중한 코끼리들처럼
그들은 흔들리며 걸어간다
집으로.

여러 운동을 위한 노래
A Song for Many Movements

도중에 죽고 싶은 사람은 아무도 없다
하얀 유령들과
진짜 바다 사이에 갇힌 채로는
우리 중 누구도 우리의 뼈를
떠나고 싶어 하지 않는다
구원으로 가는 길
왼쪽으로 세 번째 행성
백 광년 전의 시대에
우리 종은 분리되고 특별해졌으나
우리의 피부는 칭찬 같은 음조로 노래한다
평균 8시 15분에
우리는 똑같은 이야기를
자꾸만 자꾸만 자꾸만 되풀이한다.

추락한 신들은 살아남는다
포위된 도시마다 있는
크레바스와 머드팻*에서
오븐으로 또는
교수대로 싣고 가기엔
시체가 너무 많은 곳에서

추락 이후에

우리의 쓸모는

우리의 침묵보다 중요해졌다

묻거나 태워야 할

피가 다 빠져나간 껍데기가 너무나 많다

귀를 기울일 이들이 아무도

남지 않을 것이기에

우리의 할 일은

우리의 침묵보다

더욱더 중요해졌다.

우리의 할 일은

우리의 침묵보다

더욱더 중요해졌다.

* **머드팟(mudpot).** 산성 액체로 암반이 용해되어 생긴 구덩이 속에서
   진흙이 부글부글 끓고 있는 일종의 가스 구멍.

앨빈 형제
Brother Alvin

2학년 때 우리가 나란히 앉던 시절
우린 언제나 우리 사이에
수호천사 자리를 비워 두었지.
우린 함께 브라우니*에서 나올 수 있었어
너는 숫자를 알아서
페이지를 잘 찾고
나는 글자를 전부 읽을 수 있었으니까.
핼러윈과 추수 감사절 사이에
너는 결석을 많이 했지
그러다 크리스마스 연휴 직전에
너는 사라졌어
반짝이 장식들이며
종이로 만든 칠면조와 함께
영영 돌아오지 않았어.

수호천사와 나는 우리끼리만 앉아야 했어
물론 잠깐이었지
곧 다시 브라우니로 돌아가야 했으니까
맞는 페이지를 찾을 수가 없었거든.

내 삶의 첫 죽음이 너는 아니지만
네가 떠난 것을 평범한
이별 의식으로 달랠 수는 없을 거야
음울하고 슬픈 중얼거림
한 아이가 겪은 품위 없는 고통을 바라보는
어른들의 품위 있는 관점을
위협하는 초대 말이야
네가 죽은 뒤로 이렇게 오래 지난
지금까지도
나는 마술에 대한
새로운 책을 볼 때마다
색인표를 뒤져보며
또 다른 철자법으로 적힌
네 이름을 찾아.

* 브라우니(Brownies). 초콜릿 케이크. 7-10세 또는 11세까지의 어린
  아이들로 구성된 스카우트단.

학교 알림장
School Note

내 아이들은 해골을 가지고 논다
아이들의 교실을 지키는 건
벽에 대고 고함을 질러서
종이 화장실로 만드는 마법사들이니까
알 수 없는 언어로 고대의 저주를 속삭이는
포동포동한 마녀들이
아이들에게 저주의 뜻을 시험하고
분노에서 경멸까지
대학살에 이르는 범위로
성적을 매기니까

내 아이들은 학교에서
해골을 가지고 논다
아이들은 벌써
죽음을 꿈꾸는 법을 배웠다
아이들의 놀이터는 묘지이다
거절의 악몽을 꾸는 곳.
내일의 뼈로 가득 찬
빌린 지구를 지켜보는 일

내 아이들은 해골을 가지고 논다

그리고 기억한다

궁지에 내몰린 이들에게는

집이

되지 못할 곳도

없지만

집 또한 없다는 것을.

파헤치기
Digging

<그레이 해부학>의 빛바랜 지면에서
마술과 추잉껌에서
떡갈나무 나이테에서
일요일마다
나는 당신을 찾았다
목성의 열두 달 하나하나에서
할렘 거리의
아이를 밴 여성들이
주름 잡힌 블라우스 꽃무늬 아래로
부풀어 오른 위협처럼 가지고 다니는
비밀을 훔쳐보았다
또 석유와 후추 냄새가 풍기는
여름밤의 가슴 아래에서
어머니는 내 발가락 사이에 숨은 벼룩에게
겁을 주어 쫓곤 했지
아니면 그저 땀이 맺히는 꿈이었을까
나는 악몽에서 빠져나오기 전까지
괴로웠다
꽃을 삼키듯 사라지는
참을성 있는 잠의 세계로 미끄러졌다

그 뒤로 몇 년이나 나는
팔월이면
내 베개에 남은
어린아이의 눈물 냄새에
잠을 깼다.

공작석과 벽옥 냄새를 풍기는
석재 기계로 면을 깎고 잔금을 낸 분석*의
석재 기계가
빙글빙글 피워 내는 푸른 먼지가 내 코를
성령 강림절의 모닥불처럼 따갑게 한다.

당신에게 선물로 공작석을 보낸다.
호박을 보낸다, 우울을 위하여.
터키석을 보낸다, 당신의 마음을 가라앉히려.

돌 박물관에서는
옛 태피스트리들이
장기 자리를 건드리는
동물의 감각을 일깨운다.

재창조

III

바깥
Outside

냉혹한 스펙트럼의 도시 한가운데에서
자연스러움은 모두 낯설다
나는 풀과 잡초와 꽃을 구분하지 않는
순전한 혼란 속에서 자라났고
유색colored이라는 것은
표백하지 않은 옷에만 붙이는 말이었고
열세 살이 될 때까지
아무도 나를 검둥이nigger라고 부르지 않았다.
우리 엄마에게 린치를 가하는 이는 아무도 없었지만
그녀가 결코 아니었던 무엇 때문에
얼굴에서 모든 것을 표백하고
오로지 아주 사적인 분노만을 남겨 두었고
다른 아이들은 학교에서
나를 노란 콧물이라고 불렀지.

나 또한 얼마나 수없이
내 뼈저린 혼란을
검은색이라고 불렀던가
골수가 알맹이meat를 뜻하듯이
또 당신은 얼마나 여러 번 나를 베고

거리를 달렸던가

나와 같은 피를 가진 이

당신이 닮을까 그토록 두려워하는

내가 누구라고 생각하는가

내 얼굴에서 무엇이 보이는가

당신은 이미 거울 속에

버리지 않았다

내 눈에서 어떤 얼굴을 보는가

언젠가 당신이

자신의 얼굴이라

인정하게 될 얼굴?

어머니의 얼굴을 믿고 자라났으니

또는 아버지의 형상을 입고

강력한 어둠을 두려워하며 살아왔으니

내가 누구를 저주하겠는가

두 분 다 맹목적이며 끔찍한 사랑으로

내게 낙인을 찍었고

이제 나는 나만의 이름을 찾으려 애를 쓴다.

웅장한 침묵을 품은 협곡들 사이에서

빛나는 어머니와 갈색 아버지 사이에서

나는 이제 나의 형상을 찾는다

부모는 자신들의 아이라는 점 말고는

나에 대해 이야기하지 않으니까.

내 발을 걸어 넘어뜨리는 조각들을

나는 아직도 증거로 쓴다

내가 아름다우며

예전의 부모가 어땠으며

내가 부모를 어떤 사람이라 생각했는가를

또 내가 다가가고 헤쳐 가는 것이

무엇인가

내가 필요로 하고

뒤에 남겨야 할 것이

무엇인가를

담은 이미지들로

두 배로 축복받았다

무엇보다도

흩어진 얼굴들을

완전하게 만들려는

나의 자아들selves 속에서 축복받았다.

치료
Therapy

당신을 보려고 애쓸수록

내 두 눈이

혼란스러워진다

지금 이 순간에조차

굶주린 아이처럼

당신 자리를 손가락으로 더듬으며

그들이 찾는 것은

당신 얼굴이 아니니까

내가 만들고 싶은 건

시가 아니다

내가 원하는 건

당신을

나 자신의

일부에 가깝게 만드는 것.

되풀이되는 같은 죽음 또는
자장가는 아이들을 위한 것
The Same Death Over and Over or
Lullabies Are for Children

"슈퍼마켓에서의 사소한 죽음이었다"고 말하며
그녀는 고기 자르는 새하얀 칼로
내 머리를 쪼개려 한다
로스앤젤레스 흑인 거주지역 연기가 피어오르는 폐허
그리고 어린이가 살해된 아침 뉴욕의 피투성이 거리 사이
한가운데에서
그녀의 고통과 내 고통이
만났다고 설명하려 든다.

그녀의 시가 활처럼 들을 가로질러 다가오자
"당신 말에 귀 기울이려 애쓴다" 나는 말했다
가장 끔찍한 자장가가 끊임없이 되풀이되는 이곳.
흑인 아이들을 얼마든지 함부로 대할 수 있는 이곳
동트기 전 도시의 고통으로 울부짖으며
"당신과 싸우려는 건 아니다" 나는 말했다
"하지만 우리 모두를 파괴하는 것은 바로
시궁창에서의 사소한 죽음들
열 살짜리 클리포드 글로버*를 쓰러뜨린 백인 경찰은

한 소녀를 보고 총을 쏜 것이 아니지 않나."

* **클리포드 글로버(Clifford Glover).** 1973년 백인 경찰관 토머스 시어에 의해 살해당한 열 살의 흑인 소년이다. 열한 명의 백인 남성과 한 명의 흑인 여성으로 구성된 배심원단은 시어에게 무죄 평결을 내렸다.

유해를 위한 발라드
Ballad for Ashes

아무도 살지 못하리라!
우리 집
볕이 잘 드는 돌계단 높은 곳에서
깡마른 남자가 외쳤다
꿈꾸는 중이라고
그는 거짓말을 했다
나는 보았다
쿵 소리를 내며
바닥으로
떨어지는 그를.

갓 떠오른 태양 아래서
나는 손가락으로
멍 든 그의 얼굴을 어루만졌다.

한 남자가
황금 컵을 기어올라
마실 물을 청했다
물은 시원했으나
황금 잔의 테두리가
체로 치듯 입술을 베었다.

한 여성/ 헛되이 죽은 아이들을 위한 장송곡
A Woman/ Dirge for Wasted Children
클리포드를 위해

잠을 깨면

당신의 죽음은 필연적이었다는 소문이

아침 빛 속에

깜박이는 끈질긴 고함으로 펴져 있다.

나는 누웠다

희생할 시간이 지난 줄을 알면서

나는 불탄다

짙은 황토빛 불의 굶주린 혀처럼

손가락을 더듬어 대지의 주름을 하나씩 펴는

번개 여신의 손꿈치* 앞에 놓인

분노의 축복 기도처럼

한 방울의 피를

흘리고

곧

잃었음을 안다.

한 남자는 스스로를

태아들의 법적 보호자로

정했다.

전쟁으로 성 착취로 학살로
아이들을 헛되이 잃은 수백 년은
나를
삶의 수호자로
지명했다.

하지만 이른 아침 빛 속에서
또 다른 희생이
어떤 이의도 없이 일어나고
작고 검은 형체 하나가
가파른 비탈을 구르며
바닥에
쓸모없어진 핏줄기를 끌고 온다
나는 부서진다
살인의 보도 위
위험천만한 아침 공기 속
드릴 소리가 나는
분열된 비명의 조각들로
나는 몸을 숙인다.
끝없이

당신의 것이

분명할

피를 훔쳐 내면서.

* 손꿈치. 손바닥과 손목 사이 불룩한 부분.

이별
Parting

덫에 걸린 따오기처럼 호전적이고 아름다운

당신의 기다란 손은

새벽이 오기 전

세 번 입을 연 희생물이다

아침에 낳은 알에는 피가 묻어 있어서

나는 돌아서서 흐느낀다

당신을 본다

고통을 화환으로 엮어

올가미를 만들고 있다

그동안 나는

선인장 같은 혀를

축이려고

심장을 핥는 데

지친다

시계
Timepiece

다른 운명을 택했더라면
너는 빨간 머리였을지도 몰라
두 허벅지 사이에 별을 품고
부드러운 버섯 같은 아침이
정오의 논에
사랑받으려 멈춰 선
산둥* 여자의 발가락처럼 오그라진
네 발가락을 감싸고 솟아났겠지
아니면 새벽의 벌린 입 속에
에로틱하게 숨겨진 얌 새싹처럼
우아한 검은 어둠에 가려진
뾰족한 어린 송곳니처럼
네 기예의 균형을 유지한 채
바람 소리를 내는 엘레그바*의 흙 단지를 머리에 이고
우리는 상류로 올라갔겠지.

그러나 이번엔 우리도 처음이다
둔중한 망치로 깨뜨려 낸
가장자리가 날카로운 바위 조각을
높이 뜬 태양 아래

흩뿌리면

바위는 비명을 지른다

돌과 함께

서로의 혀가

지나가는 길을 더듬는 동안

여성 사제가

마력을 품은 손가락으로

야자열매를 던진 곳

그리고 돌은

무지개 색깔을 섞고

번쩍이는 중에

너는 밀의 노래처럼 절정에 다다랐다.

* **산둥(Shantung).** 중국 산둥 지방. 1966년 문화 혁명이 일어나기 전까
  지 전족이 행해짐.
* **엘레그바(Elegba).** 엘레그바라(Elegbara), 레그바(Legba). 에슈
  (Eshu) 항목 참조. (원주)

안개 보고서
Fog Report

허기에 사로잡힌 채 방향을 찾는
안개 낀 이 곳에서
나는 너와 너무 가까워서 도움이 안 돼
내가 말을 할 때
내 입김에 묻은 사랑의 냄새가
너를 방해하고
나만의 방정식을 풀기보다는
네 안에 있는 나 자신을 거스르고
움직이는 게
난 더 쉬워.

네가 주는 익숙한 안락 때문에
나는 종종 길을 잘못 이끌어
네 치열의 형태가
두 번째 손금처럼 내 손바닥에 쓰여 있고
내 지문을 본 뜨면
네 두 허벅지의 맛이
잉크로 윤곽을 드러내.
그들이 발견했을 때 나는
절벽 끄트머리

네 몸이라는 악몽 옆에서 서성인다
"이름과 출생 장소를 알려 주면
집으로 돌아가는 길을 알려 드리겠습니다."

너를 분해하고 싶다는
유혹을 느꼈지
너의 구멍들
너의 혀 너의 진실 너의 도톰한 제단들을
나만의 잊힌 이미지로 재건하고 싶다는
안개가 걷히면
내 심장의 뜰에
염소처럼 묶인
너를 찾을 수 있도록.

오솔길: 어머니에게서 어머니에게로
Pathways: From Mother to Mother

올챙이는 다리가 없어 절하는 법을 모른다
새는 오줌을 눌 수 없고
봄이면
검은 뱀들은 미쳐서
왕의 눈앞에서 물러난다
한가운데가 검고 불그스레한
강 아래를 팠더니
끈끈한 개흙이 나왔고
내 천사들은 모두 떠났다
태어나지 않은 내 아이들은 어리둥절해서
겁에 질린 자궁 속에 멎어 버렸지
십 년 또는 이십 년 동안
결혼으로 시작된 생활은
무너졌다. 어머니는 우셨다.
통통한 나그네쥐들이 옥수수처럼
그녀의 호퍼* 속으로 들어가
물에 떨어지는 순간 펑 튀었고
굶주린 올챙이들이
내가 떨어뜨린 것을 키로 까불렀다.

그녀가 상아색을 입었던 곳마다
나는 고통을 입는다.

미소는 기억의 교회 의자에 갇힌 채
진홍빛 벨벳에 가려졌다.
내 어머니는
핏빛 지혜의 눈물방울을 흘리며
강간처럼 권위적이고 중대하게
조기 교육이라는 미지의 악몽으로 나를 쫓았다
내가 오징어처럼 입을 꼭 다물고
성인聖人처럼 신비롭게 배회하던 곳
아무렇게나 만든 패치워크*처럼 성긴 중대한 결함들을
들쑤시고 다니던 곳
분석이 끝나고 쓸모없어질 때까지 나는
축성*의 침대에서 지불되고 만들어지고
내가 믿지도 않고
무릎 꿇고 쉴 공간을 찾을 수도 없는
의식들로 숭배되는
행방불명된 어머니들의 떼에 다가간다
낯선 사람들과 요구가 휘몰아치는 폭풍 속

덕지덕지 썩고 혼란으로 부풀어 오른

침수된 교회에 잠겨

내가 다시 배우고 싶지 않은

적의 이성으로 배열된 올가미의 뗏목에 매달린 채로.

항목: 새는 오줌을 눌 수 없다

그래서 새들은 우리 머리에 똥을 누고

우리는

왕에게서

물러나는

법을 배운다.

* **호퍼(hopper).** 곡물, 석탄, 사료 등을 담는 깔때기 모양 큰 통. 필요에
  따라 출구를 열어 내용물을 아래로 내려보낼 수 있다.
* **패치워크.** 크고 작은 헝겊 조각을 쪽모이하는 기법. 또는 그런 작품.
* **축성(祝聖).** 가톨릭에서 사람이나 물건을 하느님에게 봉헌해 거룩하게
  하는 일.

시인을 위한 죽음의 춤
Death Dance for a Poet

질문의 숲에 숨어서
산사나무 끌어안기를 거부하는
광기를 향해 순순히
우아하게
또는 혼자
나아가기를 거부하는
그 여자는 더 이상 젊지 않다
여자는 서서히 증오하기 시작했다
투명한 금속으로 된 피부
사정없는 만곡의 노출
예언자의 꿈이 맺은 열매로 묵직한
진흙으로 된 두 눈을

고요한 굶주림 속에서
여자는 아버지의 판단을 훔쳤다
달이 무릎을 꿇을 때
여자는
연인인 태양과 눕는다
세밀한 화학 작용과
맹목적인 응답이 자아내는

고통에 몸부림치며
여자는 자신의 마법을 혼자 먹어 치운다
침묵의 딱딱한 껍질이
망상을 길러 낸다
그녀는 영원하다
자신으로부터 밤을 벗어던지며
배회한다
눈 속에
빌려 온 불을
품은 것처럼.

도금양나무 아래
자작나무가 아니란 사실에는
개의치 않고
투명한 금속 피부를 가진 여자가
목초 위에 눕는다
첫 손길이 닿을 때 몸을 움츠리면서도
물러서지 않고
진흙으로 된 눈과 평안이나 자비 이상의 성스러움으로
여자는 태양이 쏟아붓는

뜨거운 소금을 받아들인다
빛나는 몸 위에
신경과 뼈로 이루어진
날카로운 폭로 위에
여자의 피부가
부드럽고 불투명해진다.

갯더미에서
그녀의 눈길이 닿지 않는 곳에서
사형 집행인들이 다가온다.

꿈/ 뷸라 랜드*의 달에서 온 노래 I-V
Dream/Songs from the Moon of Beulah
Land I-V

I
얼마나 많은 사랑을 내가 당신 안에 쏟을 수 있을까요
나는 말했지
소화가 덜 된 시금치처럼
당신에게서 비어져 나오기 전에
아니면 당신 속을 채울까
의식에 쓰는 거위처럼
당신이 생각하고 내게 원하는
무엇으로나
그것을 죽이기 위해
내가 너를 키워서
나를 떠나게 해야 할까
내 문간에
부서진 질그릇 조각을 놓고
텅 빈 아침에 조용히 눈물지으며
애도해야 할까

하지만 난 어디에도 가지 않겠다고 너는 말했지
어째서 항상

네가 입을 열어

대답한

마지막 질문 끝에

또 다른 질문이 있나요

또 다른 폭풍이 있나요?

그건 사실이야

나는 말했지.

II

내가 너를 찾을 때마다 바람은

위험을 품고 울부짖는다

조심해라 나뭇가지가 비명을 지른다

네가 찾는 것이

너를 찾아올 거야

한밤중에

네 꿈의 주먹에

내 입에

말들은 검이 되어

내 경계를

자비 없는 빛의

리본으로 가늘게 잘라 버린다.

III

내 꿈속에서 너는

커다란 검은색 마쯔다에 나를 태우고 갔어

로터리 엔진*이 달린 이 차는
동시에 세 종류 연료를 먹어 치우지
여행 중에 주유소에 들를 때마다
나는 차에서 뛰어내려
벌건 얼굴로 울컥거리는 호스를 든 직원에게
설명해야 했어
연료 종류별로
주행 거리가 몹시 다르니
모두 다 필요하다고
세 가지 모두를 섞어 써야만
우리가 가는 곳까지
연비를 크게 절약하며
갈 수 있다고.

IV
너는 내가
북처럼 튼튼하다고 하지만
그러기는 참 어려워
네가 학문의 양피지로
귀를 덮고 있으니까
조심해
네 날카로운 손톱이
덮개를 찢을지도 몰라
그러면 나는 조금도 튼튼하지 않아져.
달리 표현하자면

나를 둘러싼 무엇은

네게도 익숙할 거야

나를 둘러싼

증오는

너와도 가까우니까

사랑이

죽음과

가까운 것처럼

아니면 우리 입 속

나라들을 조사하는

거짓말하는 네 혀처럼.

내가 북이었다면

넌 나를 두들겨서

네 손길이 남긴

메아리를 들었겠지.

북 속에 담긴

영혼의 목소리를

찾는 것이 아니라

내 피부에 퍼지는

네 손의 흔적을 찾을 뿐.

만약 내가 정말 소리를 낸다면

나는 찢어 버렸을 거야

너의 고막이나
심장을.

V

작별을 배우는 건
새로운 내일을 찾는 것
황량하고 낯설지만
죄책감 없는
더 서늘한 행성에서.

여행이 필요하다
타 버린 로켓을
놓아주는 법을
배우려면
속사포의 거절로
우주를 밝히는
법을 배우려면
달의 죽은 표면으로
부드럽게 떠내려오려면.

* **불라 랜드(Beulah land).** 잘 알려진 복음 노래.
* **로터리 엔진(Rotary engine).** 회전형 내연 기관.

재창조
Recreation

함께 다다르는 일

우리의 몸이

만난 다음에

일은 더 잘 된다

종이와 펜은

우리가 글을 쓰든 말든

신경 쓸 것도 덕 볼 것도 없으니

하지만 달아올라 기다리는

네 몸이

내 손길 아래에서 움직일 때

우린 속박을 끊어 낸다

이미지들이 가파르게 들어찬

네 허벅지 위에서 너는 나를 창조해 내고

우리말로 이루어진 나라들을 배회하며

나의 몸이

너의 살에

네가 나로 만든

시를 새긴다.

너를 만지면서 나는 한밤을 붙잡는다

달불이 내 목구멍 안에 타오른다
너를 사랑해서 네 안에서 핀다
내가 너를 만들고
네가 만든 나를
받아들인다.

여성
Woman

나는 네 두 가슴 사이를 꿈꿔

거기에 안식처처럼 내 집을 짓고

네 몸에

곡식을 심어서

끝없이 수확하려고

흔해 빠진 돌조차도

문스톤이고 흑단처럼 새까만 오팔인 곳

내 온갖 허기를 채우는 젖을 주는 곳

너의 밤은 풍요로운 비처럼

내 위로 쏟아진다.

타이밍
Timing

행동의 초창기에 우리는 평화로운 여성들로
다리라곤 보이지 않는 섬들을 돌보러 왔다.
처음에 우리는 모두 결말을 꿈꿨으나
유년 시절의 전쟁들이 우리를 나이 먹게 했다.

전날의 부엌에서 기부한 수프는
이젠 멀리 떠난 걸인들의 위를 상하게 한다
그들은 문간에서 잠을 자다가
걱정 어린 욕설을 중얼거리며 뒤척인다
이제는 내가 한 선행들조차
우리의 미래에
수많은 굶주림을 찍어 내는
죽은 사람의 꿈을 이루려 한 것인지 의심스럽다
산 사람을 먹이려 노동하는 동안에
뒤숭숭하게 죽은 이들의 영혼을 조심해
그들은 너무 쉬운 믿음으로
우리에게 덫을 놓을 테니까.

유년 시절의 전쟁이 우리를 나이 먹게 했으나

우리를 망가뜨릴 것은

죽음의 악취가 나는 밭을 끝없이 가는 악몽으로

우리의 수확을 막을

변화의 부재.

시끄럽게 울부짖는 소리가

대중을 모욕했다며 얼러 죽인

백만 마리 검은 새의 사체는

다음 페이지로 밀려난다

황급히 꾸려 텅텅 빈 법정에 끌려 들어가

자기 어머니를 손가락으로 가리키게 된

세 흑인 여자아이들처럼―

아이들이 중얼거릴 때 나는 완두콩 수프를 만들고 있었

지―

"맞아요, 엄마가 우리에게 그를 죽이겠다고 말했어요

모르는 사람들 앞에서 말했어요

맞아요 백인 남자였어요, 이제 집에 가도 되나요?"

그때 아이들의 눈빛은 늙은 여자의 것 같았지

내일 먹을 동물 사료 깡통을 움켜쥐고

네온 간판을 켠 문간 귀퉁이에 신문지를 덮고 자는 여자.

자매들이여 내 가슴에는 구멍이 뚫렸다
당신들의 모습을
영영 품고 있을 구멍이
오늘 아침 신문의
헤드라인만 읽었을 뿐인데도.

유령
Ghost

내 어둠 속
당신이라는 균열 위
침묵에 발이 걸려 넘어지고 싶지 않아서
나는 당신을 향한 감정을
가다듬으며
또다시 불가능한 산을 오를 것이다
오래전
당신은 이미 사라졌는데도.

내 삶이 짜이거나 선택되길 바라지 않는다
내가 숨기는 고통으로부터
나 자신의 파편으로부터
잠결에 다른 여자를 소리쳐 부르는
당신의 목소리로부터
사랑하는 사람이여 눈밭으로 와서 놀아요
하지만 이전과 같은 겨울은 아닙니다

처음으로 맞는 추운 계절이었다
나는 얼음으로 녹은 사랑의
무늬진 눈송이를 세었지

헤어지는 꿈을 감추면서
우리의 이름을 우편함에
도저히 써넣을 수가 없었다
도저히 내 꿈을 당신에게 말할 수가 없었고
네 꿈을 물을 수도 없었다
이제 이 시 때문에
그 아침들이 또다시 진짜 같다.

"너는 언제나 진짜였어" 버니스는 말하지만
나는 그녀의 광대뼈를 덮은 살 아래 감춘
고통의 흉터를 본다
당신을 잊으려 애쓰며
몇 해나 보냈는지 알 수 없지만
당신을 기억하려 애쓰며
또 몇 해를 보낼지가
두렵다.

장인
Artisan

빛 없는 작업실에서
우리는 노래하지 않는
새들을 만든다
빛나지만
날지는 못하는 연들을
빛이
섬세한 작업용 화기의
목구멍에
삼켜지는 속도로
나는 내가
달의 심장에
묻힌
생존 키트를 발견한 줄 알았어
거북처럼 납작하고 탄력적인
어둠의 입에
거북 딱지로 만든 상자가
걸렸다
믿기 어렵게 정교한 무늬가
갑각에 새겨져 있고
그 아래는 달콤한 살이지.

내 이름의
형태를
알아보지 못했다.

우리의 침대보는
바닥까지
치렁치렁 늘어뜨린
한밤의 꽃이고
거기에서
너의 기술이 보여진다.

잔에게 보내는 편지
Letter for Jan

아니 난 당신이 침묵하는 게 겁쟁이 같다고 생각하지 않아
나는 당신이
내가 당신의 본질을 먹어 치우거나 바꾸려 드는
레이저 같은 엄마일까 봐 두려워했다고 생각해
마우리사는 폐허 위에 위협적으로 몸을 숙인다
죄의식의 상징으로 뭉쳐진 짙은 먹구름이
당신을 가려 버릴지도 모르지
초승달의 성배에 담겨 불을 뿜는 제물이 풍기는
샌달우드 향과 오래된 버팔로의 사향내는
당신을 유혹해 열어 버릴지도 모르지
당신이 세 번째 아래로 내려갈 때
입술 위에서
가려진 채 말라 가는
당신만의 시와 달콤함을
에로틱하고 기분 좋은 것으로 바꾸면서.

나는 모른다
내게 왔던 모든 자매들 중
당신을 닮은 사람이 누구인지조차
저물녘이면

우리는 은밀한 장소에서 서로를 만지고
서로의 등에 오래된 기호와
이야기를 새기고
서로의 아주 오랜
원고를 교정한다.

당신은 내게 올 때 말이 없었지
왜냐하면 내가 두려웠으니까
내가 묵은 빛을 받아 내서
부유해진 신 어머니일지도
모르는 일이니까
어쩌면 당신은 내가
성난 번개처럼 오만한 검은 분노로
당신의 음핵을 꿰뚫는
폭풍우 몰아치는 만이라고
배은망덕하고도 냉담하게
당신이 나누어 준 찬사의 노래를
갈기갈기 찢어 버리는
조급한 여자라고 상상했을지도
아니면 당신의 베개 위에 쏟아지는 성난 악몽처럼
내 검은 노래를
한없이 되풀이하면서

당신을 질식시켜 순응하게 하고
다시금 의심 속으로 돌려보낼 줄 알았는지도
잘 익은 베리처럼 당신을 혼란 속으로 삼켜 버릴 거라고
아니면 전기가 흐르는 내 몸으로 당신을 장악해서
리듬과 상징을 쏘아 대면서
밤이 오기 전에 레이저처럼 당신을 태워
없애 버릴 거라고.

하지만 내내 나는
당신을 사랑했을 거야
말하는
사랑이 가득한 여성인
흥분한
그리고 조금은 야한
나의 검은 노래로
묵직해진 당신을.

200주년을 기리는 시
Bicentennial Poem #21,000,000

안다
내 나라의 국경은
내 안에 있다는 것
파리 해방을 그린
오래된 영화들을 볼 때면
프랑스군의 탱크는
되찾은 조국의 땅을 구르고
늙은 프랑스 남자들이 울며
모자를 가슴에 대고
위풍당당한 국가를 부르는데

내 눈에는 탁한 눈물이 고이고
눈물을 떨어뜨릴 땅이 없다

시스터 아웃사이더

Women are Powerful and dangerous

IV

옛 시절
The Old Days

다들 알고 싶어한다

색이 없는 하늘

우리가 미친 게 아니라고 충고해 줄

해도 달도 없었던 옛 시절이 어땠는지

오로지 눈 하나 깜박이지 않는 미친 여자들과 남자들이

타는 듯 혹독한 눈을 하고

우리의 별을 동물원이라 부르던 시절

그리고 내겐 떠올릴 신부가 없다

내가 결코 머무르지 않았기에

내가 영영 처녀라고 속삭였던

수많은 여자들이 있었을 뿐.

너를 기억하는 것은 오로지

잊혀진 이들의 눈을 통해서일 뿐

월요일에 고양이 한 마리가 여자 마법사의 골목에서

다른 해의 언어로 새되게 울어

너의 죽음을 알렸어

그리고 나는 너의

이름을 잊었어

허기의 약속처럼.

모두가 알고 싶어 해

옛 시절이

어땠는지

우리가 돌이 먼지가 되도록 입맞춤하던 시절

영영 허기지고

불구가 된 대지에

침묵으로 눈물로 참배하던 시절

산이 우리의 육체 위로 무너질 때

분명 별 하나가 떨어졌지

우리의 철야 기도가 시작될 때

분명 달이 한 번 깜박였지.

콘택트렌즈
Contact Lenses

보고 싶은 게 보이지 않아
내 눈은 굶주리고
두 눈은 오로지
고통만을 느낀다

옛날에 난
유리로 된
두꺼운 벽 뒤에 살았고
내 두 눈은
다른 윤리에 속해
눈을 번쩍 뜨이게 하는 것들의 가장자리를
주뼛주뼛 문지르곤 했지
앞을 본다는 것은
내 눈 앞에 있는 것과
내 뇌 안에 있는 것들을
연결시키는 문제였어.
이제 내 눈은
신속하게 위태롭게
늘 똑같은 위험에 노출된
나의 일부.

이제는

훨씬 잘 보인다

그리고 눈이 아파.

가볍게
Lightly

파도를 일으키지 말라는 건
좋은 조언
물 새는 배에서 나오는.

광년이란
빛줄기 하나가 일 년에 갈 수 있는 거리 그리고
지구에서
광년 떨어진
한없이 성이 난 기다림의 우주에서
마침내
전자 구름은 우리의 존재를
감수성 없는 별들에게 알려.

사이언티픽 아메리칸*에서 갓 나온 소식이지
지구상에서
우리 인간이 우주에 남긴 서명은
하우디 두디* 아서 고드프리*
엉클 밀티* 그리고 훌라후프
퀴즈 쇼와 미젯 레슬링*
야구

매카시 청문회와 캡틴 캥거루*같이

부풀어 오르는

30년 된 텔레비전 프로그램으로 편성된

전자 구름이라고.

이제 나는

의식을 가진 우주라는 게 뭔지 모르겠지만

그 모든 것에

손을 마주 흔들어 줄 것이 무엇인지

생각하는 건 흥미로워.

* **사이언티픽 아메리칸(Scientific American).** 미국의 대중 과학 잡지.
* **하우디 두디(Howdy Doody).** 1947-60년에 방영한 미국의 어린이용
  텔레비전 쇼.
* **아서 고드프리(Arthur Godfrey).** 여러 텔레비전 쇼와 라디오 프로그
  램을 진행한 미국의 방송 진행자.
* **엉클 밀티(Uncle Miltie).** 1950년대 인기를 끌었던 코미디언 밀튼 벌
  의 별명.
* **미젯 레슬링(midget wrestling).** 왜소증을 가진 선수들이 등장하는
  레슬링 종목으로 1950년대에 인기를 끌었음.
* **캡틴 캥거루(Captain Kangaroo).** 1955-84년에 방영한 미국의 어린
  이용 텔레비전 쇼.

미적거림
Hanging Fire

나는 열네 살
피부는 말을 안 듣고
죽도록 좋아하는 남자애는
아직도 남몰래
엄지손가락을 빨지
어째서 내 무릎은
항상 잿빛인 걸까
아침이 오기 전에 죽으면
어떻게 될까
엄마는 문이 닫힌
침실 안에 있는데.

다음 파티가 열리기 전에
춤추는 법을 배워야 해
내 방은 내겐 너무 작아
졸업식 전에 내가 죽는다면
사람들은 슬픈 노래를 부르겠지만
결국은
내 진실을 말할 거야
내가 하고 싶은 일은 아무것도 없고

해야 했던 일은
너무 많았다고
엄마는 문이 닫힌
침실 안에 있었다고.

내 입장을 생각하길
멈추는 사람은 없다
내가 수학 팀에 들어갔어야 한다고
내가 그 남자애보다 성적이 좋았다고
왜 내가
교정기를 끼는
사람이 되어야 했는지
나는 내일 입을 옷이 없어
어른이 될 때까지
오래 살 수 있을까
엄마는 문이 닫힌
침실 안에 있고.

하지만 내 딸에게 무엇을 가르칠 수 있는가
But What Can You Teach My Daughter

무슨 뜻입니까

안돼요 안돼요 안돼요 안돼요

얼마나 자주

우리가 서로를

추위에 맞서기 위한

은신처로 만들었는지

당신은 알

권리가 없어요

그리고 내 딸조차도

당신이 아는 것이

당신을 아프게 할 수 있음을 알아요

내 딸은 안 된다고 말하고

그건 그 애를 아프게 합니다

그 애는 말해요

해방에 대해 이야기할 때

그건 그런 고통으로부터의

자유라는 뜻이라고

그 애는 알아요

당신이 아는 것이

당신을 아프게 할 수 있다는 것

하지만 당신이

모르는 것은

당신을 죽일 수도 있다는 것.

텅 빈 지갑 속으로부터
From Inside an Empty Purse

돈으로는 당신이
원하는 걸 살 수 없어
평발로 서서
사랑스럽지 못한 수상쩍게
으깬 밤처럼 놓여서
나는 닿으려 하지
당신에게
당신이 흘러 내려오는
온갖 수면에서
물이
위험천만하게 불어나
캄캄하고 잠잠한 연못을 만들어.

나는 당신이 입은 여자 옷을 이루는 실
당신을 보호하는 섹시한 감옥
깊고 말 없는
당신의 자유를 둘러싼 살갗
나는 당신 적의 얼굴.

돈은 그리
중요하지 않다
정말이지
왜
꿈 속에서
내가 당신에게 닿으려는지
당신이
내게
쏟아지는지
모른다고 말하는
거짓말에 비하면.

작은 학살
A Small Slaughter

만족도 고통도 없는 밤을 지나

감사도 경고도 없이 하루가 밝네.

내 언어는 아침의 태평스런 오만에 맞서도록

무장시킨 눈먼 아이들

당신 없이

나는 상처투성이가 되어 팔리고 있다

할렘의 어느 길모퉁이처럼

당신의 발이 아직 닿지 않은

타일 속에

얼굴을 묻은 여자

나는 당신의 발이

영영 지나쳐가지 않을 거리

당신이 다룰 수 없는 여자

나는 당신

멸시의 입.

온실에서
From the Greenhouse

여름비가 내려 내 피의 고함처럼

연인이여 내 연인이여

자꾸만 자꾸만 솟아오르고 때로는 물러나면서

짧은 햇살이 칼처럼 헤집어

비 내려 마치 내 피가

교대로 속삭이는 것처럼

우리 벅찬 정원의 푸른 싹을

포효하며 주며 받으며 찾으며 파괴하며

애원하며

시달리는 대지를 축복하며

맹목적인 비가

잠잠한 진흙 속

연한 싹 위로 퍼붓지.

내 피가 고함쳐

네 잠든 어깨에 대고

이건 여름의 시라고

내 피는 네 거짓 안전을 향해 비명을 질러

내 곁 네 말 없는 몸은

나를 가까이 더 가까이 끌어당기고

너는 네 피난처를 찾아

네 꿈 속

더 머나먼 곳에다가

우리 침대의 모서리가 또다시

가까워지고

비가 우리의 창에 쏟아지고

푸른 싹은 우리가

정성껏 조성한 온실 속에서

진흙 속에 축복 속에 익사해

나는 최대한 멀리 움직여 갔지

이제 나의 피가

네 꿈 속에 섞여.

여정의 돌 I-XI
Journeystones I-XI

I

맥신
그토록 아무 말 없이
버틸 수 있는
당신의 재능이 감탄스러웠어
피를 흘리는 건
언제나 다른 사람의 몫이었고
그렇게 늘
네 자신으로
이방인으로
남을 자리가 있었지.

II

일레인
나의 시스터 아웃사이더
아직까지도 난
상실을 익히는 힘에
경의를 표해.

III
치아나
도망치는 소녀
우리의 밤이
네 몸이
숨어들 만큼
충분히 까맣지 않았던 게
안타깝다.

IV
잔
은 아주 많은 이들의
이름이었지
네가
기억나지 않아.

V
마거릿
네가 내 주머니에 넣어 준
부서진 돌맹이는

하도 울퉁불퉁해서
반질반질해지지 않았어.
알고 보니 그건
석화된 선사 시대 나무 열매의
껍질 반쪽이었지.

VI
캐서린
너는 톡 쏘는 작은 양파처럼
땅에
누워 있었지
그리고 너무
가까이 다가가면
눈물이 났어.

VII
이사벨
난 네 피가 울리는 소리를 들었지만
나는
날 아프게 하는 동시에
내게 기대는
친구들에게
질려 버렸지.

사랑을 원하는 동시에

파괴를 필요로 하는 모습 사이에서
나의 심장은
혼란에 빠졌어.

VIII
조이스
너는 언제나
누굴 죽일 수도 없는데
화 내는 걸
싫어했지.

IX
재니
나는 네 날카로운 눈 속에
가라앉는 비명을 느꼈어
천박하고 매혹적이면서도
산호처럼 위험한
인어를 닮도록 단련한 눈 말이야.

X
플로라 나의 자매
내가 아는 건
더 이상
이해할 필요가 없다는 것.

네가 나를 돌로 만들면
나는 널 멍들게 할 거야.

XI
운명의 마지막 구멍은
자신이 불멸임을 아는
아이 없는
여제의 분노.

종교에 관하여
About Religion

일요일마다
교회에 다녀온 뒤면
나는 찬송가를
사랑하는 법을 배웠지
여름철 내 어린 시절 아마겟돈의 뒷마당에
굴러다니던 쓰레기통 위로 넘치던.

잘 익은 호박처럼 향긋하며
윤기 나는 흑인 여성들
긴 소매가 달린
뻣뻣한 하얀 옷 입고 있지
벽돌을 감싼 실크처럼
팔월이면
고조되는 그들의 박자에서
장난감 총처럼 딱딱 소리가 나고
손가락으로 손꿈치로
두드린 탬버린의 소리는
달콤하게 박자를 맞추어
공기를 가르고 솟구쳐 올라.

나는 교회를 인정하지 않는 엄마가
뿜어 내는 아른아른한 열기에
한 번 걸러진 음악을 들었네
깡마르고 얼빠진 어린 여자애 하나가
이리저리 뛰어다니면서
동전을 얻어 신문지며
낡은 악보의 모서리에 싸는 모습이
나는 그렇게 부러웠어
우리 엄마조차
마지못해
동전을 던져주었지.

시스터 아웃사이더
Sister Outsider

우리는 가난한 시절에 태어나
결코 서로의 굶주림을
어루만지지 못하고
결코
빵 부스러기를 나누지 못했다
두려워서
빵은 적이 되었다.

이제 우리는 아이들을 키우며
자신을 존중하고
또 서로를 존중하라 가르친다.

이제 네게 외로움이란
성스럽고 쓸모 있는 것
이제
더는 필요 없는 것
네 빛은 환하게 반짝인다
하지만 난
알려 주고 싶어
너의 어둠 역시

그윽하고

두려움을 넘어선다고.

시장

Bazaar

느긋한 여자들이
쇠솥에 금을 넣어 끓이고
연기가
말 없는 하늘로 피어오르지
오늘 저녁 나는 그들을 안는다
내 어머니의 피부로 장정된
쇳덩이처럼 불안하고 추한
금을 만들어 낼 수 있기를 빌며
그녀의
잊어버린 다른 얼굴들이
서로에게로 흘러들어
잊고 있던 흥정을 하느라
마지못해 물건을 주고받느라
자아내는 소란 속에서
나는 생각하지
이 여자들(내 자매들) 중 얼마나
아직 가슴에 젖이 남아 있을까를.

힘
Power

시와 수사학의 차이는
자신을
죽일
준비가 되어 있는지
자기 아이들을 죽이는 대신에

나는 쓰라린 총상의 사막에 발이 묶였고
죽은 아이는 산산조각이 난 검은
얼굴을 내 잠의 가장자리로 끌고 간다
그 애의 구멍 뚫린 뺨과 어깨에서 흐르는 피는
기나긴 사막의 유일한 액체이며 내 속은
그 맛을 상상하며 뒤틀리는 한편으로
내 마른 입술은 갈라지며
의리 없이 까닭 없이
그 애의 촉촉한 피에 갈증이 난다
증오와 파괴로부터 힘을 뽑아내려는
죽어가는 내 아들을 입맞춤으로 살려 내려는
상상도 마법도 없이 내가 갇힌
이 새하얀 사막으로 피가 스며드는 순간에
태양이 그 애의 뼈를 더 빨리 바래게 하겠지

퀸즈에서 열 살짜리 아이를 총으로 쏜 경찰은
아이의 핏속을 경찰화 신은 발로 딛고 서 있었지
그리고 "죽어 이 조그만 쌍놈의 새끼야" 하는 목소리를
증명할 수 있는 테이프가 남았어. 재판에서
경찰은 자기를 이렇게 변호했지
"몸집이라거나 다른 건 눈치채지 못했어요
오직 피부색만." 그리고
그 말을 증명할 수 있는 테이프도 남았어.

오늘 13년의 경찰 경력을 가진 그 37세 백인 남성은
풀려났다
정의가 구현되었으니
만족한다는 열한 명의 백인 남성들에 의해
그리고 "그들의 말에 납득이 갔다"고 말한
한 명의 흑인 여성에 의해
납득됐다는 말은 그들이 4피트 10인치 몸집의 흑인 여성을
4세기 동안 이어진 백인 남성의 승인이라는 뜨거운 석탄
구덩이로 끌고 갔다는 뜻이겠지
그녀가 처음으로 가진 진짜 힘을 포기하고
자신의 자궁에 시멘트로 선을 그어

우리 아이들을 묻을 무덤을 만들 때까지.

난 내 안의 파괴를 건드릴 수가 없었어.
하지만 내가
시와 수사학의 차이를 이용하는 법을 배우지 않으면
내가 가진 힘도 독성 곰팡이처럼 썩어 버리거나
연결되지 않은 전선처럼 축 늘어져 쓸모없어지겠지
그리고 어느 날 나는 내 십 년 넘은 플러그를
가장 가까운 소켓에 꽂아서
누군가의 어머니일
85세 백인 여자를 강간할 것이다
의식을 잃을 때까지 두들겨 팬 뒤 침대에 횃불을 붙일 때
그리스 비극의 코러스가 3/4 박자로 노래하겠지
"가여운 것. 그녀는 누구도 해치지 않았는데. 짐승 같은 놈
들이로구나."

추도사
Eulogy

내 언니의 집에 사는 소녀는
새의 눈처럼 잠잠한
눈 속에
악몽을 숨기고 있네
피가 그녀를 부르면
그 애는 눈물로도 양분으로도
바꿀 수 없는
놋쇠로 된 고리 속으로 들어가 버리네

하지만 동그라미는 괴로워할 수도
꿈꿀 수도 없지
그 애의 손가락은 서로 얽은 뿌리처럼 뒤엉킨다
이제 밤은 그 애를 부서뜨리지 못해
태양이 낮게 하지도 못해
그리고 곧 그 무자비한 하얀 열기가
접붙일 것이다
그 애의 악몽이 깃든 눈을
아게이트에*
그 애의 침울한 혀를

부싯돌에.

그러면 그 애는 불을 붙이겠지
하지만 다시는 피를 흘리지 않겠지

* **아게이트(Agate).** 마노. 재앙을 예방하며 친구가 생기도록 도와주고
장수, 건강, 행복, 부를 기원하는 보석. 행운의 돌.

"여성에게서 불을 빼앗지 말라"
"Never Take Fire From a Woman"

내 자매와 나는

서로의 침묵이

불꽃처럼

우리의 혀를 태우는 걸

우아하게

미워하라 배우며 자라났다

우리는 서로에게

존중을 담아 인사했지

그 말은

주의 깊은 거리를 두었다는 뜻

그러면서도 우리는

부드러운 열망 속에 누워서

사랑의 체취를 풍기는

여성을 들이마시는 꿈을 꾸었다

우리 사이에
Between Ourselves

나는 어디에 들어서자마자
눈으로 흑인의 얼굴 한둘을 찾곤 했다
내가 혼자가 아니라는
접촉을 안심을 신호를 얻으려고
이젠 조금 다르다고 나를 무너뜨리려 할
흑인의 얼굴로 가득한 방에 들어설 때
나는 어디를 봐야 하나?
한때는 누가 내 편인지
쉽게 알 수 있었는데

겉치레를 다 벗어던지고
우리의 힘만 남는다면
우리의 살을 도려내고
태양이 우리의 뼈를 하얗게 바래게 한다면
내 흑인 어머니의 얼굴이
금으로
또는 오리샬라*의 힘으로
하얗게 바랐듯이
그래서
나를 어떻게 측정할 것인가?

나는 믿지 않는다
결핍이 우리의 모든 거짓말을
성스럽게 만들었다고는.

엘미나* 해변의 태양 아래서
한 흑인 남자는
뱃속에 내 할머니를 품은 여자를 팔았다
대가로는 저녁 태양을 받아 빛나는
샛노란 동전을 받았지
자기 아들 딸들 앞에서.
내 눈 너머로 그 형제를 볼 때
홍채엔 피도 색깔도 없고
혀에선 이 해변에 던져진
노란 동전처럼 딱 소리가 난다
우리가 나눠 쓰는 이
낯설고 부패한 천국의 한구석
그리고 내가
흑인됨이 구원인 양 하는
쉬운 말들을 삼키려 할 때면
나는 내 할머니가 느낀

첫 배신의 맛을 느낀다.

나는 믿지 않는다
결핍이 우리의 모든 거짓말을
성스럽게 만들었다고는.

그렇다고 쇼포나*의 사원에서 그의 이름을 밀고하진 않아
그에게 죽음이라는 장밋빛 주스를 가져다주지 않아
오리샬라가
백색의 신이라 불린다는 사실을 잊지도 않아
밤의 어두운 자궁 속에서
우리 모두의 형체를 빚어내는 신
그렇기에 절름발이*도 난쟁이*도 알비노도
삶은 옥수수를 내어 주면
겁먹은 숭배자가 된다.

겸손함은
역사의 눈앞에 놓여 있고
나는 스스로를 용서했다
그를 위해
우리 모두 비밀리에 먹었던
하얀 고기를 위해
태어나기 전
우리는 같은 식사를 나누었지.
당신이 나를

당신의 좁고 검은 창으로 찔러 꼼짝 못하게 할 때
당신의 빌려 온 피를
당신의 빌려 온 눈을 애도하는
내 심장의 목소리를 당신이 듣기 전에.
내 살을 적으로 오해하지 말라
천연두 신의 사원 앞
흙바닥에 내 이름을 적지 말라
우리는 모두
우연과 예측 불허의 신 에슈*의 아이들이기에
그리고 우리 각자가 살갗 아래에
수많은 변화를 입고 있기에.

갖가지 색으로
아문
상처로 무장하고
나는 내
에슈의 딸이 울 때
나의 얼굴을 들여다본다
우리가
우리 안의
타인을 죽이길 그만두지 않는다면
곧 우리는 모두
같은 방향으로 누울 것이고
에쉬달레*의 사제들은 무척 분주하리

바닥에서 뛰어올라

머리부터 착지해

스스로 죽음을 구한 이들을 매장할 수 있는

유일한 이들 말이야.

* **오리샬라(Orishala).** 오리샬라는 주요 오리샤 중 하나로 출산 전 자궁에서 인간에게 형태와 형상을 부여하는 신이다. 그의 사제들은 출산 중 죽은 여성들을 매장하는 일을 맡는다. 그는 '흰색의 신'이라는 의미의 오바탈라(Obatala)라고 불리기도 한다. (신대륙 종교에서 오바탈라는 빈번히 여성으로 나타났다.) 신체 장애나 기형을 갖고 태어난 아이들은 오리샬라의 특별한 보호를 받게 된다. 신체 장애나 선천적색소결핍증은 오리샤가 자신을 숭배해야 함을 잊지 않도록 의도적으로 만든 것이라는 설도 있지만, 기형아가 태어나는 것은 오리샬라가 술에 취해 실수한 것이라는 설도 있다. 오리샬라의 신전에서는 붉은 야자유와 포도주가 금기시되며 흰색과 흰색을 띤 음식은 신성한 것이다. (원주)

* **엘미나 (Elmina).** 가나의 해안 도시.

* **쇼포나 (Shopona).** 천연두의 오리샤. 그는 땅에서 자라는 것들의 신이다. 천연두는 그의 금기를 깨뜨리는 이들, 그의 사원 가까이에서 가서 이름이 밀고된 이에게 주어지는 가장 가혹한 형벌이다. 그보다 덜한 형벌로는 홍역과 종기를 비롯한 피부 발진들이 있다. 쇼포나는 매우 강력하기에 두려움을 불러일으키는 신이다. 다호메이에서 그는 사그바타 (Sagbatá)라고 불리는데, 유럽에서 제너가 종두법을 시행하기 훨씬 이전부터 사그바타의 사제들은 생백신의 존재를 알고 이를 접종했으며 그 요법을 빈틈없이 지켰다. (원주)

* **에슈 (Eshu).** 다호메이와 신대륙에서는 엘레그바라고 알려진 에슈는 예만자(또는 마우리사)의 가장 영특한 막내아들이다. 모든 오리샤-보두와 인간 사이를 이어주는 장난기 많은 전령인 에슈는 다양한 언어를 알고 전달과 통역을 동시에 할 정도로 언어에 능통하다. 에슈의 이런 역할이 중요한 이유는 오리샤는 서로의 언어와 인간의 언어를 알아듣지 못하기 때문이다. 에슈는 장난꾸러기로 인생의 예측할 수 없는 갖가지 요소의 의인화이기도 하다. 때로 그는 남성성과 동일시되기도 해서 그의 주요 상징으로 발기한 거대한 남근을 사용하기도 한다. 그러나 에슈-엘레그바에게는 사제가 없어서 다호메이의 종교 의식에서는 여성이 남근을 달고 그의 역할을 맡아 춤을 춘다. 그의 예측할 수 없는 성격 때문에 모든 주택과 주거지 바깥, 그리고 모든 교차로 근처에 에슈의 사원을 만든다. 에슈는 오리샤-보두에게 바친 제물 중 일부를 가장 먼저 가져가는데, 정확하게 전달하고 답변을 빠르게 가져다주기 위해서다. (원주)

* **절름발이(Cripple).** 다리를 저는 사람을 낮잡아 이르는 말로 차별어를 대체할 말이 없어 살려 씀.

* **난쟁이(Dwarf).** 키 작은 사람을 낮잡아 이르는 말로 차별어를 대체할 말이 없어 살려 씀.

* **에쉬달레(Eshidale).** 나이지리아 이파(Ifa) 종교의 지역 오리샤로, 에쉬달레를 섬기는 사제들은 땅에서 뛰어올라 머리로 바닥에 착지하는 방식으로 자살한 이들을 위해 속죄하고 그들을 매장한다. (원주)

미래의 약속
Future Promise

이 집은 영영 버티진 못할 것.
창문은 튼튼하지만
한 번에 하나씩만 들어맞는
낱낱의 해결책처럼
닫혀 있다.

지붕에선 물이 샌다.
비가 그칠 줄 모르는 날들
고개를 들어 바라보면
박공널이 조용히
눈물을 흘린다.

계단은 아이들의 무게를
튼튼하게 받쳐 주지만
가끔 가다
아이의 발에
가시가 박힌다.

나는 계단들이
닳도록 충분히 쓰여서

더 이상의 변화를
필요로 하지 않은 채
침묵 속으로
휘어지는 꿈을 꾼다

꾸준함에서
놓여나는 순간
이 집은
영영
버티지 못하리라.

방종한 여자
The Trollop Maiden

이제 내 삶은 간단히 옮길 수 있는 게 아니에요
방종한 여자가 말했지
고정등이 필요해요
내 제멋대로인 난초를
모범적으로
키워낼 수 있도록
그리고 내가 쓰는
빵 만드는 기계는
너무 커서 쉽게 옮길 수가 없고
뿐만 아니라
그 기계에는
특별히 강한 전류가 필요하다고요.

그러나 당신의 배꼽에 사는 그 늙은 여자는
방종한 여자의 욕망이고
향기 없는 당신의 난초는
고정등 아래서 세이렌처럼 노래해

당신은 언제든
도망칠 수 있겠죠

방종한 여자는 말했지

하지만 내 삶은 그리 간단히 옮길 수 있는 게 아니에요

그녀는 집시 바이올린의 리듬을 가진

요부처럼 움직인다—

한 입 가득 납 같은 고통으로

내 활을 가로질러 발사된 것처럼

지금

내가 두고 올 수 없는 단 하나가 그것이라고

그녀는 속삭였다.

하지점
Solstice

우린 플랜틴* 싹에 물 주는 걸 잊었지
우리들의 집은 빌린 고기로 가득했고
배는 이제 우릴 스쳐 지나며 웃는
낯선 자들이 가져다 준 선물로 그득했으며
우리의 땅은 척박하니까
농장은 조잡든* 지푸라기로
먹어도 배부르지 않은
즙 많은 갈색 얌이 나오는 악몽으로 꽉 찼지.
우리 집 지붕은 지난겨울에 물이 들어 썩었지만
우리들의 물항아리는 깨졌네
우린 그것들을 옛 연인의 죽음을 애도하는 데 썼고
다음 비가 내리면 우리의 발자국은 씻겨 나갈 테고
우리의 아이들은 그 발자국 아래서 결혼하겠지.

우리의 살갗은 텅 비었어.
우리가 주저하며 먹을 걸 주지 않은
영들이 그 속을 파먹었지.
강가에서 우리를 기다리는 우리들의 어머니가
잠자는 풀과 사향고양이 똥으로 만든
짚 바구니 속에다가

영들을 숨겨둔 거지.

내 살갗은 팽팽해져
곧 벗어던질 거야
왕도마뱀처럼
초승달이 뜨는 시간
기억하는 안식처럼
나는 내 약함의 마지막 흔적을 삼키고
오래된 어린 시절 전쟁의 상흔을 지우고
감히 숲으로 들어갈래
변하고 싶어서
카멜레온을 잡아먹은 뱀처럼
나는 영원할 거야.

난 내 영혼의 안전을 위한
이유를 기억하지 못하겠지
초승달이 뜰 때 흐느껴 울던
내 여성의 몸이 경고하는 바를
난 잊지 못할 거야
나를 용감하게 하는

이 두려움을
영영 잃지 않겠어
갚을 수 없는 그 무엇도
빚지지 않겠어.

* **플랜틴(plantain).** 더운 지역에서 자라는 바나나의 일종이지만 단맛
  이 없고 녹말 맛이 강함.
* **조잡든(Stunted).** 기를 펴지 못하고 시든 상태.

아프리카계 이름들

아보메이(Abomey)

고대 다호메이 왕국의 수도. 문화와 권력의 중심이었으며, 표범 왕 (Panther King)으로 이름난 알라닥소누(Aladaxonu) 왕조의 궁이 있던 곳이기도 하다.

아카이(Akai)

머리카락을 실로 감싸고 촘촘하게 땋아 두상에 배열하는, 다호메이에서 유행하던 우아한 헤어스타일.

아마존 여전사들(Amazons)

생명의 창조자로 여겨지던 다호메이의 여성들은 아프리카의 다른 믿음 체계들에서와는 달리 피 흘리기를 금지당하지 않았다. 숙련된 전사이자 맹렬한 아마존 여전사들은 다호메이의 표범 왕 휘하에서 왕국을 위해 싸웠던 존중받는 군대였다.

아세인 (Asein)

조상신에게 제물을 바쳐 기리려고 높은 장대 위에 만든 작은 금속 제단.

코냐기 (Coniagui)

오늘날 기니와 코트디부아르 지역에 살았던 서아프리카 민족.

단 (Dan)

다호메이 왕국의 옛 이름.

엘레그바 (Elegba), 엘레그바라(Elegbara), 레그바(Legba)

에슈(Eshu) 항목 참조.

에쉬달레 (Eshidale)

나이지리아 이파(Ifa) 종교의 지역 오리샤로, 에쉬달레를 섬기는 사제들은 땅에서 뛰어올라 머리로 바닥에 착지하는 방식으로 자살한 이들을 위해 속죄하고 그들을 매장한다.

에슈 (Eshu)

다호메이와 신대륙에서는 엘레그바라고 알려진 에슈는 예만자(또는 마우리사)의 가장 영특한 막내아들이다. 모든 오리샤-보두와 인간 사이를 이어주는 장난기 많은 전령인 에슈는 다양한 언어를 알고 전달과 통역을 동시에 할 정도로 언어에 능통하다. 에슈의 이런 역할이 중요한 이유는 오리샤가 서로의 언어와 인간의 언어를 알아듣지 못하기 때문이다. 에슈는 장난꾸러기로 인생의 예측할 수 없는 갖가지 요소의 의인화이기도 하다. 때로 그는 남성성과 동일시되기도 해서 그의 주요 상징으로 발기한 거대한 남근을 사용하기도 한다. 그러나 에슈-엘레그바에게는 사제가 없어서 다호메이의 종교 의식에서는 여성이 남근을 달고 그의 역할을 맡아 춤을 춘다. 그의 예측할 수 없는 성격 때문에 모든 주택과 주거지 바깥, 그리고 모든 교차로 근처에 에슈의 사원을 만든다. 에슈는 오리샤-보두에게 바친 제물 중 일부를 가장 먼저 가져가는데, 정확하게 전달하고 답변을 빠르게 가져다주기 위해서다.

파 (Fa)

사람의 운명, 숙명을 다루는 화신을 뜻한다. 다호메이 전역에 널리 퍼진 정교하고 형이상학적인 점술 체계의 이름이기도 하며, 마우리사의 글이라고 불린다.

마우리사 (Mawulisa)

다호메이의 주요 보두 중 하나인 마우리사는 여성이자 남성인, 하늘의 여신이자 남신이다. 마우리사를 우주의 창조주가 낳은 최초의 결합 쌍둥이로 서쪽과 동쪽, 밤과 낮, 달과 해를 뜻하는 것으로 보기도 한다. 하지만 그보다는 마우를 우주의 창조주, 리사를 그의 큰아들 또는 쌍둥이 형제로 보는 경우가 잦다. 마우리사는 다른 모든 보두의 어머니이며 따라서 예만자와 연결되어 있다. (세불리사 항목을 참조할 것.)

오리샤 (Orisha)

오리샤는 나이지리아 서부의 요루바족이 섬기는 여신과 남신이다. 요루바족은 유사한 언어를 사용하는 다양한 부족들로 구성되어 있기에, 오리샤의 수는 600명에 가까우며 이 중에는 주요 신과 지역 신, 힘이 강한 신과 약한 신이 존재하고 일부는 중복된다.

단, 또는 후대에 명명된 이름인 다호메이의 민족들은 이웃한 요루바족으로부터 종교 형태를 다수 받아들였기에 오리샤 중 많은 수가 이름을 달리하여 다호메이의 여신과 남신인 보두Vodu (또는 보둔Vodun)으로 재등장한다. 오리샤가 비슷한 힘과 관심사를 가진 여러 다호메이 토착 신앙의 최고 보두가 된 경우는 흔하다.

오리샤-보두는 신이지만 전능한 존재는 아니다. 강한 힘을 지녔으나 늘

옳지는 않다. 그들은 인간사에 깊이 관여하며 그들의 호의를 얻기 위해서는 제물을 바쳐야 한다. 오리샤-보두의 이름과 의식 중 다수는 사라지지 않고 쿠바, 브라질, 아이티, 그레나다, 그리고 미국의 종교에서 그 흔적을 찾을 수 있다. 요루바와 다호메이의 종교 전통이 가장 긴밀하게 혼합되어 나타나는 곳이 아이티와 미국이다.

오리샬라 (Orishala)

오리샬라는 주요 오리샤 중 하나로 출산 전 자궁에서 인간에게 형태와 형상을 부여하는 신이다. 그의 사제들은 출산 중 죽은 여성들을 매장하는 일을 맡는다. 그는 '흰색의 신'이라는 의미의 오바탈라(Obatala)라고 불리기도 한다. (신대륙 종교에서 오바탈라는 빈번히 여성으로 나타났다.) 신체 장애나 기형을 갖고 태어난 아이들은 오리샬라의 특별한 보호를 받게 된다. 신체 장애나 선천적색소결핍증은 오리샤가 자신을 숭배해야 함을 잊지 않도록 의도적으로 만든 것이라는 설도 있지만, 기형아가 태어나는 것은 오리샬라가 술에 취해 실수한 것이라는 설도 있다. 오리샬라의 신전에서는 붉은 야자유와 포도주가 금기시되며 흰색과 흰색을 띤 음식은 신성한 것이다.

샹고 (Shango)

예만자의 아들 중 가장 유명하고 힘이 센 샹고는 천둥, 번개, 전쟁, 정치의 오리샤다. 그의 상징은 선명한 붉은색과 흰색, 그리고 쌍두 도끼다. 나이지리아에서 샹고 종교의 수장은 '알라그바'라고 부르는 여성일 때가 많다. 다호메이에서는 천둥 신전의 주신인 헤르비오소(Hervioso)로 알려져 있다.

쇼포나 (Shopona)

천연두의 오리샤. 그는 땅에서 자라는 것들의 신이다. 천연두는 그의 금기를 깨뜨리는 이들, 그의 사원 가까이에서 가서 이름이 밀고된 이에게 주어지는 가장 가혹한 형벌이다. 그보다 덜한 형벌로는 홍역과 종기를 비롯한 피부 발진들이 있다. 쇼포나는 매우 강력하기에 두려움을 불러 일으키는 신이다. 다호메이에서 그는 사그바타(Sagbatā)라고 불리는데, 유럽에서 제너가 종두법을 시행하기 훨씬 이전부터 사그바타의 사제들은 생백신의 존재를 알고 이를 접종했으며 그 요법을 빈틈없이 지켰다.

세불리사(Seboulisa)

마우리사에 해당하는 아보메이의 여신으로 '우리 모두의 어머니'이다. 세계의 창조주라는 의미의 소그보(Sogbo)라고 불리기도 한다. (마우리사 항목 참조)

야아 아산테와 (Yaa Asantewa)

오늘날의 가나에 해당하는 아샨티 왕국의 여왕으로, 19세기 영국을 상대로 여러 번 전쟁을 이끌어 승리했다.

예만자 (Yemanja)

모든 오리샤의 어머니인 예만자는 바다의 여신이기도 하다. 예만자의 가슴에서 강이 흘러나온다. 한 전설에 따르면 아들이 강간하려 해 달아나다가 쓰러진 그녀의 가슴으로부터 강이 흘러나왔다고 한다. 다른 전설에 따르면 남편이 그녀의 길쭉한 가슴을 욕보였고 솥을 가지고 도망치던 그녀를 쓰러뜨렸다고 한다. 그녀의 가슴에서 강이 흘러나왔고, 그 뒤에 그녀의 몸에서 다른 모든 오리샤가 솟아났다는 것이다. 예만자의 상징은 강물에 매끈하게 닳은 조약돌이고, 예만자의 추종자들은 바다를 신성시한다. 예만자는 자신을 기쁘게 하는 이들에게 다산의 축복을 내린다.

삶의 원천,
깊은 감정의
빛을 나누는
시의 힘

박미선
한신대 영미문화학과 교수
『흑인 페미니즘 사상』,
『시스터 아웃사이더』 공동 옮긴이

우리가 강요된 침묵을 깨고 말을 하는 지금, 우리가 서로의 말을 경청하며 함께 말하고 있는 지금, 우리에게 오드리 로드가 있다. 우리가 꼭 해야 하는 말, 나누고 싶은 말은 무엇일까? 우리가 꼭 변화시키고자 하는 것은 무엇일까? 우리가 살고 싶은 삶과 사회는 어떤 것일까? 우리의 필요와 소원, 우리가 지금 하고 있는 것을 우리는 어떻게 말해야 할까? 오드리 로드는 시를 통해 이 일을 할 수 있다고 가르쳐 준다. 로드가 말한 시는 우리의 내면 깊은 갈망으로부터, 우리가 비밀로 간직해 온 깊은 감정으로부터 나온다. 로드의 시는 폭력과 억압으로 인해 그 누구보다도 나 자신을 가장 미워하게 된 나, 그토록 상처받은 나를 온전히 보듬는 자기 사랑의 행위 속에서 빚어진 언어를 우리 앞에 선서한다. 로드의 시는 고통과 절망 속에서 자신이 누구인지를 되찾아 낸 빛의 언어이다. 로드의 시를 가지고 우리는 자기 사랑이 지닌 힘과 정치를 실행할 수 있다. 로드의 시를 읽으며 우리는 우리의 삶과 마음을 살펴볼 때 우리가 마주하는 두려움에 빛을 비추게 된다. 이 빛을 가지고 우리는 우리가 우리 자신에게도 숨겨온 깊은 갈망과 소원을 만날 수 있다. 로드의 시를 읽으며 우리는 우리 자신을 괴롭혀 온 고통이 무엇인지 이해한다. 우리 자신과 깊이 만나는 과정에서, 우리를 꼼짝 못하게 했던 두려움은 이제 그 힘을 잃는다. 두려움에서 해방된 우리는 우리 안에 숨겨진 깊은 감정을 만난다. 이해된 고통을 우리는 비로소 삶의 에너지로 활용할 수 있다.

이해된 고통은 삶의 에너지가 된다. 로드는 이 과정을 "시"라고 명명한다. 로드에게 시는 우리 자신을 보살피는 행위이고 우리의 지금과 미래를 결정하는 빛이다. 『시는 사치가 아니다』에서 로드는 시를 우리 삶에 빛을 비추는 명명의 행위, 새롭게 스스로를 정의하는 행위, 우리가 살고 싶은 삶을 빚어내는 사유라고 쓴다. "우리 삶을 성찰할 때 우리가 어떤 빛을 비추느냐에 따라 우리가 빚어낼 삶의 형태와 그 삶을 통해 이룰 수 있는 변화가 결정된다. 우리가 마법 같은 일들을 생각해 내고 그것을 실현할 아이디어를 떠올리는 것은 바로 이런 빛 속에서이다. 우리는 시를 통해—그 시가 있기 전까지는—이름도 형식도 없이 미처 태어나지 못한 채 느낌으로만 존재하던 아이디어에 이름을 부여할 수 있다. 꿈이 개념을, 감정이 아이디어를, 앎이 (선행해) 이해를 낳듯이, 경험을 정제해 나온 진실된 시는 우리의 사유를 가능케 한다."

새롭게 스스로를 정의하는 명명 행위는 우리 자신과 삶을 변화시킨다. 삶이 변화된다면 하고 싶은 일, 지금은 불가능해 보이는 일들을 실현할 수 있는 방법을 바로 시 작업을 통해 찾아낼 수 있다. 시란 자기 자신과 온전히 만나는 시간이다. 자신을 온전히 만난 사람들은 타인의 곁을 지키며 그/녀의 고통을 품고 세상의 고통도 다룬다. 시인인 여성은 필연적으로 사회변화를 일구는 정치인이다. 자기 안의 두려움이 머무는 곳에서 앎의 깊은 원천을 찾아낸 여성은 자기 삶을 변화시킴으로써 사회도 바꾼다. (로드에게 바로 이것이, 1960년대 후반 불같이 일어난 급진 여성운동과 페미니즘의 구호, "개인적인 것은 정치적인 것이다"이 뜻하는 바다.) 자기 마음과 언어를 다루는 과정에서 이해, 지식, 의식, 내면의 동력도 함께 만들어지기 때문이다. 그래서 여성들의 말은 필연적으로 언젠가 다른 여성들에게 닿는다. 이 연결이야말로 우리가 살아남은 이유였고 우리를 충만하게 살도록 하는 힘이다. 로드는 이렇게 말한다. "우리 여성들에게 시는 사치품이 아니다. 시는 우리를 존재하게 하는 필수품이다. 시를 통해 우리는 생존과 변화를 원하는 우리의 희망과 꿈을 가능케 하는 빛을 만들어 내고 이는 언어로, 사상으로, 구체적인 행동으로 이어진다."

로드가 속한 흑인 페미니즘은 사랑의 정치를 그 근간으로 한다. 사랑의 정치가 흑인 페미니즘과 로드의 시와 산문을 관통하는 숨은 정수인 것은 근대 이후 몇 세기에 걸쳐 흑인 여성들이 경험한 폭력의 역사를 그 맥락으로 할 것이다. 근현대의 역사는 성차별, 인종 차별, 퀴어 혐오를 그 바탕으로 하여 전개된 역사이자, 서로 맞물려 작동하는 억압 구조가 공고화된 잔혹사다. 이러한 근현대의 역사는 흑인, 여성, 퀴어를 사회의 가장 밑바닥층, 가장 비가시화된 피

억압 집단으로 식민화한 역사이다. 이 폭력의 역사는 피억압 집단의 무의식까지 식민화함으로써 전개될 수 있었다. 이 역사는 흑인 여성에 대한 혐오를 그 심리적 근간으로 공고화함으로써 전개된 역사이다. 레즈비언 흑인 여성인 로드는 흑인 여성 혐오에 바탕한 근현대 폭력의 역사에 자기 정의(self-definition)와 자기 사랑, 사랑의 정치로 대항한다. 흑인 여성 혐오는 흑인과 여성에 대한 폭력을 일상적인 것으로 정당화하고 흑인과 여성의 자기 혐오를 마음 깊이 심어두어야만 작동하기 때문이다. 그래서 흑인과 레즈비언, 여성의 생존은 일차적으로, 이렇게 내면 깊이까지 식민화된 몸과 무의식을 다루는 작업에 달려 있다.

감정까지 식민화해야 유지되는 억압적 지배 구조와 역사에 대한 흑인(레즈비언)여성들의 대응은 사랑의 힘 기르기이다. 서로가 살아남도록 돕고 서로를 보살피는 가운데 발전시켜 온 사랑. 이 사랑은 쉽지 않다. 자기 자신을 혐오하고, 흑인/레즈비언/여성인 서로를 미워하도록 사회화되기 때문이다. 우리는 서로를 갈망하면서도 그 갈망을 서로 깊이 연결되지 못하도록 하는 구조 속에서 그 구조에 대항하여 함께 싸우는 대신 먼저 더 쉬운 일을 해 버린다. 이것이 식민적 사회화의 힘이다. 우리도 아주 잘 실천하는 흑인 여성 혐오는 우리들 서로에 대한 차가운 잔인함, 분노에 찬 미움으로 표출된다. 우리가 갈망하는 존재들이 우리와 연결되지 않을 때 우리는 분노한다. 표출되지 못한 갈망이 잘못 길을 잡아 우리가 갈망하는 여성들에게 표출되는 분노는 우리의 마음도 잔인하게 벤다. 우리가 때로 알지 못한 채 깊이 갈망하는 만큼에 비례해서 우리는 서로 화를 내며 각자 깊이 상처받는다. 갈망하면서도 미워하는, 연결되지/사랑하지 못하는 무력감 때문이다. 이 미움과 무력감은 일차적으로 흑인 여성 혐오에 바탕한 억압 구조로 인해 강제되는 것이지만, 우리는 이 무력감에 대한 반응으로 스스로를 부끄러워하고 서로를 강렬하게 미워한다.

자기 사랑은 흑인 페미니즘과 탈식민 페미니즘이 강조하는 무의식 탈식민화의 출발점이다. 이 자기 사랑은 단순히 자기를 소중히 여기는 것이 아니다. 자기 사랑은 자기 정의에서 시작된다. 흑인 여성 혐오에 바탕한 지배 구조에서 우리가 스스로에게 실천하기 어려운 이 사랑은 근본적으로 관계의 연결을 갈망하는 것이자 그 갈망을 실현하는 힘이다. 이 사랑은 새로운 형태의 공동체를 일구어 내려는 정치적 실천이다. 이 사랑은 지배 구조가 우리에게 주입한 특정 방식의 감정, 생각, 사랑의 방식에 저항하면서 새롭게 길을 내야 하는 관계 맺기와 사랑의 방식을 찾아야 가능하다. 태어날 때부터 우리에게 흑인 여성 혐오를 주입하는 사회에서 우리의 자기 사랑은 비규범적 존재로 규정되는 다른 여성들과 근본적으로 연결되어 있다. 비백인, 퀴어, 여성에 대한 혐오는 우리의 내면화 즉 자기 혐오를 통해 유지되고 강화된다. 그래서 우리의 자기 사랑은 흑인 여성 혐오를 근간으로 한 지배 구조에 대한 인식 없이는 불가능하다. 우리의 자기 사랑, 우리끼리의 사랑은 이 구조 속에서 함께 자기 혐오와 서로에 대한 잔인함으로 상처받은 채 따로따로 신음 중인 다른 흑인, 퀴어, 여성들의 존재를 인식하는 일, 그/녀들을 다시 우리와 연결하는 일에 그 성패가 달려 있다.

로드의 시집 『블랙 유니콘』은 근현대 역사를 미국과 아프리카의 흑인과 흑인 여성들의 경험을 초점으로 기록한다. 『블랙 유니콘』에서 로드는 근현대 폭력과 식민의 역사에 대항해 온 흑인 여성들의 저항과 힘을 기록한다. 로드는 서아프리카 여성 신화를 1970년대 미국의 흑인과 흑인 여성들의 삶과 연결하여 흑인 여성들의 내면도 어루만진다(몇 편만 예로 들자면, 『블랙 유니콘』, 『예만자의 집』, 『코냐기 여자들』, 『다호메이』, 『단의 여성들이 전사이던 시절을 나타내려 손에 칼을 들고 춤춘다』, 『125번가와 아보메이』 등이 있음). 신화란 집단적 무의식과 매우 오래된 무의식적 소망을 담은 이야기다. 여성 신화는 여성들이 오랫동안 억눌러 온 것이 무엇인지를, 그리고 가장 억압된 바로 그곳에 숨겨둔 무의식적 힘을 보여 준다. 『블랙 유니콘』은 아프리카 여성 신화를 사용하여, 무의식화된 깊은 감정이 삶을 살아가는 강력한 자원이라는 점을 강조한다. 즉 로드는 흑인 여성들의 상호 돌봄의 굳건한 전통을 부인하는 지배 담론에 저항하며 고대부터 존재해 온 이 전통을 기록하고 이 전통이 당대 흑인 여성들 사이에도 존재함을 기록한다. 다시 말해서 로드가 서아프리카 여성 신화에서 끌어오는 것은 이러한 강인한 생존의 원천(나중에 로드가 『성애의 활용』에서 "영성"이라 표현한 바로 그것)이다. 『블랙 유니콘』에서 로드는 이러한 힘을 현재 흑인 여성들의 자기 변화와 사회 변화의 동력으로 만들어 낸다. 또한 로드는 아프리카 여성 신화를 활용하여 당대 백인 페미니즘의 편향을 수정하며, 유럽과 미국의 남근 이성 중심적 사유("나는 생각한다, 고로 존재한다")의 한계도 폭로한다. 로드는 "나는 느낀다, 그러므로 존재한다"는 명제로 압축되는 대안적 삶의 방식과 사유를 제시한다.

　　　　『블랙 유니콘』은 표제시인 첫 시에서부터 로드가 제시하는 대안적 사유와 삶의 방식을 담고 있으며, 흑인 여성을 저항하는 여성(woman warrior)으로, 말하는 여성으로 정의한다(대표적으로 두 번째 시, 『여성이 말한다』가 그러하다). 싸우는 여성은 공동체를 만들고 지킨다. 싸우는 여성들이 공동체의 역사를 만들어 간 주체임은 서아프리카 여성 신화도 강조하는 바다. 로드와 함께 활동한 백인 페미니스트들이 재발견한 여성 신화에서 이 점은 종종 누락된다. 특히 아프리카 여성 신화에 대한 누락과 무시는 미국의 흑인 역사에 대한 무시와 인종 차별주의를 그대로 반영한다. (이에 대한 로드의 강렬한 비판은 『시스터 아웃사이더』에 실린 〈메리 데일리에게 보내는 공개 서한〉 참조할 것.) 『블랙 유니콘』의 흑인 여성들은 싸우고 저항한다. 희망이 싸우지 못하도록 하는 주인의 도구, 즉 지배 도구임을 알기 때문이다. 싸우는 흑인 여성들은 "흑인이 살아남도록 뜻하지 않았던" 미국 사회의 기획에 맞서 자기 자신이 원하는 존재가 되는 방법을 알고 있다(『살아남기 위한 기도』). 그것은 "내면의 소리를 듣는 법"을 익히면서 함께 싸우는 것이다. 내가 그토록 갈망하는/미워하는 것이 바로 내 얼굴을 한 당신이라는 것, 당신 없는 나는 홀로 살 수 없다는 것을 이해하고 인정하는 과정은 심리적으로 매우 어려운 과정, 즉 자기 고통과 대면하는 과정을 거친다(이에 대한 자세한 논의는 로드의 산문 중 최고작인 『서로의 눈동자를 바라보며』 참조하자). 『블랙 유니콘』은 1970년대 흑인 여성들에게 이 자기 대면의 과정이 일차적으로 구조적 (성)폭력과 직면하는 정치적인 것임을 자세히 기록한다. 『블랙 유니콘』에서 (그리고 로드의 모든 저작에서도) 반복되는 주제는 흑인 여성에게 가해지는 폭력의 문제다. 흑인 여성에 대한 제도화된, 구조적 일상적 (성)폭력은 흑인 여성들로 하여금 함께 살아남을 방법을 강구하게 한다. 로드는 당대 흑인(여성)에게 가해진 여러 폭력 사건을 이 시집에 기록하면서, 우리의 생존이 개인적/집단적으로 매일 가장 절실한 문제가 되는 사회 구조 속에 살고 있음을 함께 인식하고 이러한 사회 구조에 함께 저항하는 것이 생존의 길임을 강조한다.

싸울 때라야, 또는 함께 싸우는 과정에서 우리는 우리가 사랑하는 존재들을 만난다. 이 만남은 우리 내면의 밑바닥을 속속들이 들여다보는 고통스런 과정도 수반한다. 이 과정을 거치며 우리는, 우리가 모든 고통에도 불구하고 살아남은 존재이며 바로 이 생존의 힘이 우리 각자에게 있음을 인식하고 이 힘을 함께 나누는, '정치하는' 여성이 된다. 『블랙 유니콘』이 제시하는 흑인 페미니즘의 사랑 정치는 서로를 응원하는 여성들의 공동체를 향한 집단 생존과 사회 변화의 동력을 제공한다. 로드의 시집을 부여잡고 우리는 오늘 여기 우리의 고통과 분투, 그리고 일상을 새로운 빛으로 비추며 함께 말하고 경청하면서 서로를 보살피고 사회도 바꾸어 가는 사랑의 정치 공동체를 만들어 갈 것이다.

* 로드에 대한 자세한 소개는 『시스터 아웃사이더』에 실린 옮긴이 해제를, 로드의 페미니즘 이론에 대한 논의는 다음 글을 참고할 수 있다. 박미선, 2018. 『미국 흑인 페미니스트 오드리 로드의 교차성 이론과 감정 연구』, 『미국학』 41.1호, pp.33-63.

우리가
그 앞에 나란히
모여

송섬별

전문 번역가

『블랙 유니콘』 옮긴이

『블랙 유니콘』을 옮기는 동안 오드리 로드가 남긴 시들만을 연구한 책들을 찾을 수 없다는 사실을 알게 되었고, 그의 독특한 행간 걸침(enjambment)은 때로 읽는 사람을 혼란에 빠뜨리고 서로에게 걸쳐진 여러 갈래의 길을 자꾸만 만들면서 유일하고 정확한 독해를 방해하기도 한다고 느꼈다. 고민과 노력을 기울였으나 이 시들의 번역은 결코 완전하거나 유일할 수 없으며 다만 지금 할 수 있는 최선을 다해 만들어낸 하나의 판본이자 나 자신의 읽기이다. 그것을 다른 사람들과 나누고 싶다.

때때로 오드리 로드는 자신이 할 수 없는 말들을 시가 대신 말하게 했다. 그러나 다른 사람의 말 역시 우리가 할 수 없는 말을 통해서만 들을 수 있다. 우리가 간직한 깊은 감정들인 불화와 미움, 불확실, 좌절 그리고 외로움, 무엇보다도 공포를 이 시들이 대신 말해 주기를 바란다. 그럼으로서 우리의 자매들과 죽은 사람들, 딸과 어머니와 여신과 연인들을 불러내고, 우리가 그 앞에 나란히 모여 서로에게 귀 기울일 수 있기를 빈다.

오드리
로드

연보

1934년 ─ 뉴욕시 할렘에서 카리브해 이민자 가정의 세 딸 중 막내로 태어나다. 서인도 제도에 관한 어머니의 이야기를 들으며 네 살 배부터 읽기, 말하기, 쓰기를 익히다.

1951년 ─ 헌터 고등학교를 졸업하다. 고교 재학 중에 학교 문예지에서 자신의 시 게재를 거부하자 10대를 위한 잡지 『세븐틴』에 처음으로 시를 투고해 싣다.

1959년 ─ 헌터 칼리지에서 문학과 철학을 전공하고 졸업하다. 컬럼비아 대학에서 도서관학으로 석사 학위를 받아 공립 도서관 사서가 되다. 그리니치빌리지의 레즈비언 게이 공동체에 참여하며 게이인 에드워드 롤린스와 결혼해 두 아이를 낳다.

1968년 ─ 첫 번째 시집 『최초의 도시들 The First Cities』 출간.

1973년 ─ 시집 『타인이 사는 땅으로부터 From a Land Where Other People Live』에서 정체성으로 인한 악전고투와 사회적 부정의에 대한 분노를 다루다.

1976년 ─ 대형 출판사인 노튼 Norton에서 인종 정의와 흑인 정체성에 관한 시집 『석탄 Coal』을 펴내 흑인 예술 운동 진영 내 영향력 있는 목소리로 자리하다.

1978년 ─ 44세. 같은 출판사에서 시집 『블랙 유니콘 The Black Unicorn』 출간. 아프리카 여성 신화를 주제로 삼아 범아프리카주의 pan-Africanism에 대한 기존 담론에 대항하며, 블랙 페미니즘 전사의 이미지를 소환하다. 유방암을 진단받다.

1982년 ─ 자기 인식의 진화와 섹슈얼리티를 다룬 자전 소설 『자미 : 내 이름의 새로운 철자 Zami : A New Spelling of My Name』를 발표하다.

1984년 ─ 페미니즘 에세이와 연설문 『시스터 아웃사이더 Sister Outsider』 출간.

1986년 ─ 자신이 공동 설립한 유색 인종 여성들을 위한 출판사 키친 테이블 Kitchen Table : Women of Color Press에서 에세이 『나는 너의 자매다 I Am Your Sister』를 펴내다.

1992년 ─ 58세. 산타크루즈 섬에서 아프리카학 교수이며 반려자인 글로리아 조셉과 살며 전이된 암을 다루다가 간암으로 세상을 떠나다.

하이픈으로 연결된 사람들

다큐멘터리
「오드리 로드 ─ 베를린 시절,
1984년에서 1992년까지」를
중심으로

추영롱

- 독일어 통번역가
- 베를린 자유 대학 철학 전공
- 여성주의·반인종주의·비식민주의
  저항 운동 네트워크 활동가

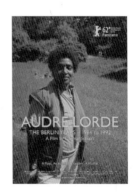

1. 하이픈으로 연결된 사람들 **

저는 유럽을 꿈꾸며 이곳으로 온 이방인입니다.
유럽에 사는 '하이픈으로 연결된 사람들'만이 이 대륙의
마지막 기회라고 생각합니다. 이질성이 존재하지 않는 척

하거나 그것을 파괴할 생각만 하지 말고요.
서로 간의 다름을 창의적으로 이용할 방법을 배워야
합니다. ***

　　　　　　　　지금으로부터 이년 전 여름, 오십 명 남짓 수용 가
능한 베를린의 한 작은 영화관에서 나는 오드리 로드에 관한 영화를
처음 만났다. 「오드리 로드 - 베를린 시절, 1984년에서 1992년까지」, 꽤
서술적인 이 제목을 접하고 유추할 수 있었던 몇 가지 내용적 단서는
다음과 같았다. 주요 인물은 교차성 개념의 선구자인 흑인 여성 시인,
공간적 배경은 베를린, 그리고 베를린이라는 도시가 자아내는 대안적
생활 공간의 이미지, 시간적 배경은… 독일 재통일 전후? '오드리 로드'
와 '베를린 시절'이라는 조합이 자아내는 '꿈꾸는 이방인', '좌절하는
예술가', '멜랑콜리한 서정성' 등의 심상은 마치 그 시절을 실증적으로
증명하려는 듯한 숫자들에 의해 깨어졌다. 공부하는 사람으로서 요구

---

*　　오드리 로드의 시적 성취로 조직된 독일—이주민 디아스포라 페미니스트 활동과
그에 관한 다큐멘터리 「오드리 로드—베를린 시절, 1984년에서 1992년까지Audre Lor-
de—The Berlin Years 1984 to 1992(2012, 78 min)」를 한 편의 에세이로 연결해 보는
시도. 로드는 유럽과 카리브해 지역의 흑인 여성들을 만나며 초국가적 흑인 디아스포라
페미니스트 활동을 조직하는데 힘을 기울였다.

**　　오드리 로드가 상호교차적인 시각으로 이주민 또는 디아스포라 정체성을 고찰하
며 사용한 개념이다. 이는 특히 로드가 1980년대 독일 활동 당시 "아프리카계-독일인
(Afro-German)"들을 모으며, 그들이 자력으로 공동체를 구축할 수 있도록 적극적으로
활용한 개념이기도 하다. 오랜 세월 동안 각종 인종차별적인 배제의 표현으로 명명된 이
들은 로드의 임파워먼트에 힘입어 자신에게 긍정의 이름을 부여했고, 그들 스스로 "아
프리카계-독일인(Afro-German)" 권리 찾기 운동의 초석이 되었다.

***　영화 「오드리 로드 - 베를린 시절, 1984년에서 1992년까지」 중 오드리 로드의 강
연 부분 (추영롱 옮김)

받는 이론적 증명, 활동가로서 정치적 입장 증명, 프리랜서로서 쓸모를 증명당하고, 무엇보다 이질적인 외양으로 인해 매 순간 나의 존재 자체를 증명해야 하는 진 빠지는 타향살이에서, 이 복잡한 시그널의 영화가 내게 짧은 위안이나마 선물해 줄지 어떨지 긴가민가하며 극장으로 들어갔다.

"저는 오늘 시 낭독을 위해 이곳에 왔습니다. 흑인, 페미니스트, 레즈비언, 시인으로요.*" 로드의 강단 있는 목소리로 영화는 포문을 열었고, 그의 혜안을 엿볼 수 있는 주옥같은 발언들은 그만의 운율을 타고 마음에 들어왔다. 어느덧 배경으로 들리는 이름 모를 타악기의 거죽 두드리는 소리와 동일한 속도로 심장이 뛰기 시작하더니, 별안간 마찰음 하나로 시작된 그의 외침이 오랫동안 귓전을 타고 와 공명했다.

> 로드 : 하이픈으로 연결된 사람들! 아프리카계-미국인,
> 아프리카계-독일인, 터키계-독일인.
> 청중 : 독일계-독일인?
> 로드 : 네, 그런데 보통은 그렇게 말하지 않죠? 그냥 '난 독
> 일인이야'라고 하지.**

영화 속 로드는 분단된 독일 서쪽 땅에서 "하이픈으로 연결된 사람들"을 찾아다녔다. 독일에서 태어나고 이곳에서 사

---

*   같은 영화
**   같은 영화

회화되었지만, 평생 '언제 너희 나라로 돌아가냐'는 질문을 받던 사람들. 그들은 독일인으로 불리기보다 '튀기', '깜둥이', '잡종' 따위의 별칭으로 지칭되었다. 태어나는 순간부터 쉼 없이 자기 증명을 강요받는 사람들의 증명은 애초에 고향이 되어 주기를 거부하는 사회에 의해 마치 변명 같은 기본값을 가진다. 영화는 자기-증명, -변명, -부정의 성장 사슬을 끊고, 자기 긍정의 수식으로 하이픈 사이를 메워 가는 사람들의 되직한 노동 과정을 보여주었다. 그들의 노동은 이곳에서 이방인인 나의 노동과 고향에서도 이물감에 가까웠던 나의 존재감, 나아가 나의 고향에서 지금 나와 같은 노동의 타래를 엮어가고 있을 수많은 이방인을 떠올렸다.

영화의 시간적 배경은 머지않아 독일 재통일 이후를 다루었다. 더 이상 '그냥 독일인'은 없었다. 서독 출신-독일인, 동독 출신-독일인, 서독 출신-아프리카계-독일인, 동독에 거주했던-베트남 출신-독일 이주민들. 통일은 이 땅에 거주하던 모든 사람을 순식간에 고향 잃은 이로 만들었다. 사실상 흡수 통일에 가까운 사회망 재편에 의해 자신을 '나라 잃은 사람'으로 여겼던 상당수 동독 출신을 비롯하여, 사회주의 형제 국가 출신인 베트남 보트피플과 쿠바 이주 노동자들, 구 서독에 정착한 동독 이탈 주민과 이탈리아, 터키 등지에서 이주한 노동자와 망명자들. 경기장은 그대로인데 이제는 두 팀이 한 팀이 되어 축구 그만하고 합심해서 다른 퍼포먼스를 하자는데, 피아 식별이 선명한 게임만 해 본 사람들이 복잡한 팀 구성을 직접 재편성하자니 통증은 예상을 뛰어넘었고 불똥은 엄한 곳으로 튀었다. 유색 인종, 이주민, 성 소수자, 장애인 등 가뜩이나 자기 부정에 익숙한 사람들은 한겨울 사냥감처럼 몰리고 쫓겼다. 숱하게 사냥감이 되어 맞

고 쫓기고 숨어 좌절하던 나의 지난 시간이 영사막 위에 겹쳐졌다. 물
리적으로 투사된 기억은 메타 정신 활동 중인 내 몸에 재투영되어 즉
각적인 생리 반응을 유도했다. 그리고 다시 생각했다. 번역하고 소개해
이 이야기와 공명해 줄 사람들을 찾아야겠다고.

> 처음에는 저도 다른 사람들과 같았어요. 겁쟁이.
> 물론 지금도 겁은 나요. 이제는 그저 두려운지 아닌지
> 크게 신경 쓰지 않을 뿐이에요.
> 제가 가진 공포보다 저 자신에게 더 큰 가치를 둘 뿐이에
> 요. 공포 자체가 없어진 건 아니죠.*

2. ( )—( )—( )—( )—( )—( )—( )—( )—( )—⋯

> 뉴스 기사 : 2020년 2월 29일 베를린 시 동쪽 외곽에서 38
> 세 어머니와 9세 딸이 살해되었다. 그들은 아프가니스탄
> 에서 독일로 온 난민 신청자였다. 토요일 낮, 도심 장터에
> 서 과일과 채소를 판 뒤 세 식구가 먹을 장을 보고 집에 도
> 착한 아버지는 정신을 잃었다. 새하얀 소화기 분말로 뒤덮
> 인 집 안에서 흉기에 찔려 죽어있는 아내와 딸을 발견했기
> 때문이다.**

SOS 요청을 받은 건 다음 날인 일요일 밤이었다.
역시나 같은 처지인 아프가니스탄 출신 친구는 틀린 문법과 부산스러
운 목소리로 내게 보이스 메일을 남겼다. 시위를 하든 변호사를 구하

든 뭐라도 해야 할 것 같은데 자기는 할 수 없으니 도움이 필요하다고 했다. 나는 급히 연락을 취해 사람들을 모으고 법률 자문을 구했다. 피해자들이 여성이라는 이유로, 유색 인종이고 이주민이라는 이유로, 또는 아프가니스탄 출신이라는 이유 때문에, 그리고 하필이면 아이가 살해되었다는 충격에. 각자 다른 연결점을 가진 사람들이 연대를 위해 모였다. 우리는 닷새 만에 주변인들의 진술을 확보하고 두 희생자를 위한 추모제를 조직했다. 희생자 가족이 거주했던 베를린 외곽, 구 동베를린의 노동 계급 거주촌이었던 건조한 외양의 아파트들 사이로 백여 명의 사람들은 한 시간 가량 걸으며 추모제를 진행했다. 아파트 창 밖에서 넘어온 "요즘에는 저런 것들도 시위를 한다", "너희 나라로 돌아가라", "시끄러워", "꺼져" 등의 외침이 슬픈 곡조의 아프가니스탄 노래와 뒤범벅되었다. 혼자 남은 아버지는 길바닥에 오열했다. 그 후 일주일 뒤에 있던 장례식에서 가족의 희생당한 얼굴을 확인한 아버지는 다시금 오열했다. 머릿속은 가족과 친구들의 울음소리에 심하게 흔들렸고, 나는 최선을 다해 두 사람의 훼손된 얼굴을 머릿속에 기록했다. 탐탁지 않은 경찰의 수사 방향, '살인 사건' 보도에 '난민 수용 정책' 이슈를 물타기 하는 황색 언론. 우리는 추모가 아닌 투쟁을 했다.

로드는 모든 것에 의문을 품으며 그의 삶을 온전히 살았다. 그는 허용된 자원으로 그의 삶 자체를 정치 예술로 만들어냈다.*** **사라 아메드(Sara Ahmed)**

---

*   같은 영화

**   오드리 로드의 시 「사슬Chain」의 표현 방식을 차용했다.

*** Audre Lorde, Your Silence Will Not Protect You (UK: Silver Press, 2017)

　　　　　사건은 아직도 진행 중이고 나는 여전히 추모하
는 법을 모른다. 다만 종적으로 이어진 혐오의 사슬을 끊고자, 산재해
있는 우리의 교차점들을 횡적으로 잇고자, 매일같이 파수꾼처럼 어슬
렁거릴 뿐이다. 그리고 이렇게 로드의 목소리가 담긴 영화를 보고 그
의 시를 읽을 때면 나의 이 서툰 삶을 '정치 예술'로 증류해 낼 도리가
있기는 한 건지 고민에 빠진다. 아니 어쩌면 그보다는 우리의 공시적
삶을 공동체적 '정치 예술'로 읽어내는 선명한 눈을 가지는 방법이 무
엇인지 질문한다.

　　　　강인한 여성들은
　　　　자신의 증오가
　　　　어떤 맛인지 안다
　　　　나는 언제까지나
　　　　바람 부는 곳에
　　　　둥지를 지어야 하리라 *

　　　　　시집 『블랙 유니콘(The Black Unicorn)』의 초판
이 미국에서 출간된 1978년에 로드는 유방암 진단을 받는다. 이후 십
사 년을 더 살아내며 그의 언어도 점차 부정의 참고문헌에서 긍정의
밀어주기로 색을 달리한다. 『블랙 유니콘(The Black Unicorn)』의 로
드가 부정의의 문헌들을 펼쳐 두고 지난날의 아프리카 전사들을 불러
내어 자신의 아린 마음을 달래는 만신제를 지낸다면, 「오드리 로드 -
베를린 시절, 1984년에서 1992년까지」의 로드는 가득한 생채기에 눈
이 흐려 어슬렁거리는 나 같은 이들에게 동아줄을 쥐여 준다. 그리고
그는 말한다.

절망은 혁명의 고질병 같은 것으로 여긴다. 왜냐하면, 모든 혁명에는 한 세대 이상의 시간이 필요하기 때문이다. 그 때문에 우리는 항상 일하고 또 전력을 다해 일하며 우리가 하는 일에 신념을 가지지만, 그 노동의 열매는 우리의 것이 아니라는 사실도 알고 있다. 그런데도 우리의 투쟁은 여전히 가치 있다. 나는 내 일을 가치있게 여긴다. 내가 내 몫을 잘 완수한다면 내 뒤를 이을 사람들이 나타날 것이라 믿는다. 그리고 그들은 그들의 몫을 해낼 것이다. 또한, 우리가 이 과업을 장기적으로 이끌어 간다면 연대 속에서 어떤 해답을 찾을지도 모른다.

쉬운 일은 아니다. **

---

*   오드리 로드의 시 「초상 Portrait」의 일부

**   같은 영화

블랙 유니콘

인쇄	2020년 9월 21일 첫판 1쇄 인쇄
발행	2020년 9월 28일 첫판 1쇄 발행
지은이	오드리 로드 AUDRE LORDE
옮긴이	송섬별 BYEOL SONG
편집	나낮잠 NAZZAM NA
	노유다 YUDA ROH
디자인	이지연 JIYEON LEE
펴낸 곳	움직씨 출판사

주소	경기도 고양시 덕양구 세솔로 149, 1608-302 (우편번호 10557)
전화	031-963-2238 / **팩스** 0504-382-3775
이메일	oomzicc@queerbook.co.kr
홈페이지	queerbook.co.kr

온라인 스토어	oomzicc.com
트위터	twitter.com/oomzicc
인스타그램	instagram.com/oomzicc
페이스북	facebook.com/oomzicc

제작	북토리
인쇄	한국학술정보(주)
ISBN	979-11-90539-06-7 (03840)
CIP제어번호	CIP2020038459

표지 사진 제공. ⓒ 다그마 슐츠 Dagmar Schultz
출처 : 영화 Film 「오드리 로드 – 베를린 시절, 1984년부터 1992년까지
Audre Lorde – The Berlin Years 1984 to 1992」(2012, 78 min.)
관련 정보 : www.audrelorde-theberlinyears.com

내지 사진 제공. ⓒ 우테 벨러 Ute Weller
폰트 제공. 산돌구름